결론은, 필라테스

몸쓰기 시리즈 01

결론은,

필라테스

이영지 지음

필라테스를 한마디로 표현하는 문장으로 각 챕터를 구성했다. 목차만 보아도 필라테스가 무엇인지를 알 수 있도록 했고, 제목에 맞추어 다양한 이야기들을 풀어내었다. 각 챕터 마지막에는 별첨으로 필라테스 동작을 소개했다. 많은 사람들에게 유익하고 개인적으로 애착이 많이 가는 동작들로 구성했다. 몇몇은 수련 과정에서 어렵게 터득했던 동작이다. 책에 나온 동작들만이라도 익숙해진다면 신체의 바른 정렬과 균형에 많은 도움이 되리라 생각한다.

Contents

"필라테스는

☐☐☐☐☐ (이)다."

삶의 터닝 포인트

필라테스는 나에게 '삶의 터닝포인트turning point'를 제공했다. 터닝포인트의 의미처럼 내 인생의 '상황이 과거와는 전혀 다른 방향이나 상태로 바뀌게 되는 계기'가 되었기 때문이다. 학업과 대기업 조직생활로 50여 년을 살아온 내가 지금은 필라테스 강사로 새로운 일을 하고 있다.

나이 50에 자의 반, 타의 반으로 은퇴했다. 해외로 나가는 남편을 따라 싱가포르로 가면서 세 번째 사표를 제출하며 지금까지 내가 해 온 조직생활과 완전히 이별한 것이다. 대학 졸업 후 20여 년 이상 조직생활을 하며 총 세 번의 퇴사를 경험했다. 30대 초반에는 남편과 가는 미국

유학을 핑계로, 40대 초반과 후반에는 해외 파견을 나가는 남편을 핑계 삼아 내 손으로 세 번의 사표를 냈다.

해외에서의 삶은 '경단녀 극복을 위한 노력의 시간들'로 채워졌다. 공부도 하고 현지 문화와 여행에 대한 책을 집필했지만, 줄곧 재취업을 생각하고 있었다. 덕분에 귀국 후에도 마흔다섯 살 여성이지만 다시 대기업에서 일할 수 있었다. 40대 중반에 두 번째로 재취업하며 '다시는 내 손으로 사표를 내는 일은 없으리'라 다짐했었다.

그런데, 5년 후 나는 또다시 사표를 냈다. 딸아이도 다 커서 홀로 프랑스 파리에 교환학생을 떠나보낸 후라 육아나 자녀교육에 대한 부담은 없었다. 하지만, 50줄에 접어든 남편이 혼자 해외에서 생활하는 것이 마음에 걸려 함께 떠나기로 했다. 이제는 한국에 돌아와도 지금껏 내가 가졌던 직업, 직장을 찾기 어려울 듯했다. 그렇게 나의 조직생활은 싱가포르로 떠남과 동시에 50이라는 나이로 마감했다.

육아와 자녀교육이라는 의무에서 완전히 벗어나 남편과 둘이서 오롯이 즐기는 해외생활은 이전에는 느끼지 못했던 여유로움과 홀가분함 그 자체였다. 누군가에 의해 제약받는 시간도, 일도 없었다. 오직 나를 위해 계획하고, 나를 위해 무언가를 하면 되었고, 하기 싫으면 아무것도 계획하지도, 하지 않아도 되었다. 평생 처음으로 맛보는 '나만의 여유로움과 한가함'은 행복 그 자체였다. 조급한 마음도 없었고, 무언가를 분分 단위로 계획을 짜며 바쁘게 실행에 옮기려 하지 않아도 되었다.

여유로움과 한가함은 소파에 앉아 같은 자세로 네다섯 시간을 책을 읽는 자유도 주었다. 그러다 결국 내 몸이 사단났다. 밤마다 엉덩이와 고관절 부위가 결려서 잠을 이루지 못하게 되는 병을 얻은 것이다. 신체의 불편함으로 인해 나는 필라테스와 인연을 맺게 되었다.

일주일 1~2회씩 2년간 필라테스를 배우면서 변화되는 내 몸에 놀랐다. 또 어깨가 무겁고 아프다고 하면 필라테스 선생은 어깨 부분은 손도 대지 않고 윗팔운동과 팔꿈치, 그리고 등 강화 운동을 시켜주었는데, 그러한 점이 신기했다.

필라테스 강사가 된 이후 알게 된 것이지만, 어깨나 뒷목 통증이 있는 '거북목 증상'은 윗팔이나 겨드랑이 부분의 근육과 등근육이 제대로 일을 하지 못해서 나타난다. 즉, 어깨나 목이 혼자 일을 도맡아 해서 탈이 난 것이다. 이러한 근육 간의 연결성과 움직임에 대한 신기함에 빠져 필라테스를 사랑하게 되었다. 귀국 후에는 필라테스 지도자 자격증까지 도전하며 내 인생의 터닝포인트를 가지게 되었다. 또한, 나의 몸을 관찰하고 사랑하는 인생의 변곡점을 맞이하게 되었다.

사실 최근에는 필라테스로 제2의 직업을 찾는 이들도 많다. 일과 삶의 균형을 찾기 위해, 또는 필라테스가 주는 선향 영향력에 매력을 느끼며 이 분야로 삶의 방향을 전환하는 사람들이 늘고 있다. 내 몸을 사랑하는 법을 배우고 그리고 이를 다른 사람에게도 전해주는 직업으로 인생의 터닝포인트를 찾는 많은 사람들에게 필라테스를 권하고 싶다.

➡ **롬보이드** Rhomboid

관련기구: 리포머

어깨가 앞으로 말리고 등이 굽은 라운드숄더round shoulder인 분들, 등근육이 약해 어깨통증으로 고생하는 분들에게 추천하는 견갑골날개뼈 주변 근육 강화 동작이다.

몸에 대한 객관적 관찰

　　수개월 동안 고생한 고관절 통증을 치료하기 위해 필라테스를 시작했다. 그런데, 첫 수업의 시작은 각각의 신체 부위와 움직임 관찰이었다.

　　"등과 허리가 연결되면서 곡선이 없네요,
　　편평등 Flat Back 이라고 하죠"
　　"무지외반증도 있고, 평발이네요?
　　무릎 안 불편하세요?"
　　"선 자세에서 발가락 열 개 움직여보세요!
　　엄지발가락이 안 움직이네요?"

내 몸을 살피며 필라테스 강사가 던진 말들과 질문들이

다. 나는 "엄지발가락이 혼자서 움직이나요?" 하고 되물었다.

"당연하죠. 발가락 열 개 모두 위아래 옆으로 움직일 수 있어요. 단지 그 움직임을 잊어버리거나 잃어버리는 거지요" 무엇인가로부터 한 대 강하게 맞은 느낌이었다.

나는 지금껏 내 신체 일부들이 그 기능을 서서히 잃어가거나 쓰임을 잊고 있었는데도 인지를 못 하고 살아왔다. 내 몸에 대한 무관심과 그 무관심 속에서 잃어버린 신체 기능들을 필라테스 첫 수업 시간에 알게 되었다. 예를 들어, 목, 등, 아래 허리로 연결된 척추 모양이 S자로 나와야 하는데, 내 경우는 등과 아래 허리가 거의 일자형이었다. 선천적인 문제가 아니다. 척추의 곡선이 나오지 않는 자세를 오래 해서 후천적으로 등과 아래 허리가 일자형이 된 것이다.

나이가 들면 초등학교 때 배웠던 국민체조 중 안

되는 동작들이 많아진다. 하다못해 목을 뒤로 젖히는 목 운동조차도 편하지 않다. 이는 목을 움직이는 기능을 잃고 있는 증거다. 열 개의 발가락을 좌우로, 위아래로 움직이며 개구리 발가락처럼 쫘악 펴는 동작도 이제 쉽지 않다. 내 맘처럼 움직여지질 않았다. '나이 들며 이렇게 발끝부터 사지가 굳어가고 있구나'라는 생각에 충격을 받았다.

운동을 시작하기 전부터 알게 된 점이 많았다. 이렇듯 필라테스는 내 몸에 대한 관찰에서부터 시작되었다. 내 몸의 일부 근육들은 소위 '기억상실증'에 걸려 있었다. 기억을 잃은 근육은 이를 단련하는 운동을 해도 처음에는 자극을 느낄 수 없었다. 또한 일단 '쓰임'을 잃어버린 근육은 단시간의 운동으로 회복이 어렵다는 걸 알게 되었다.

내 몸에게 미안해지기 시작했다. 더구나 고관절 통증은 엉덩이 근육이 제 기능을 못한 탓이 컸다. 아래 허리=요추가 엉덩이가 해야 할 일까지 도맡다 보니 탈이 난 것이다.

의학적으로 말하자면 요추디스크로 인한 고관절 주위 좌골통이 온 것이었다.

신체 부위 간의 긴밀한 관계에 놀라며 나는 필라테스의 세계에 빠져들게 되었다. 예를 들어 오랜 컴퓨터 작업을 한 다음 날은 목과 어깨가 무겁고 통증이 심화된다. 이럴 때 우리는 어깨와 목을 스트레치하며 마사지를 하는 경우가 많다. 그런데, 필라테스 강사는 이런 경우에 '팔운동arm adduction'을 시켜주었다. 신기한 것은 팔운동으로 목과 어깨가 가벼워진다는 점이다. 이 또한 필라테스의 매력이었다. 아프고 불편한 부위를 건드리는 것이 아니라, 주변 부위가 일을 하도록 강화를 시켜주면 정작 아픈 부위는 일을 덜하게 되므로 호전이 되는 것이다.

기능을 잃은 신체 부위로 인해 다른 곳에서 그에 대한 보상작용이 시작되면 문제가 발생한다. 그러므로 신체부위간의 균형을 찾아가는 운동이라는 점도 필라테스의 매력으로 다가왔다.

필라테스에서는 자신의 신체에 대한 인지認知를 매우 중요시한다. 우선 내 몸의 균형이 어떻게 깨져 있는지, 잘 못된 자세나 움직임의 패턴은 무엇인지, 그래서 어떤 불편함을 느끼고 있는지 정확하게 알아야 한다.

즉, 필라테스는 '내 몸을 알아가는 과정'이다. 강사를 통해 객관적으로 내 몸의 상태를 점검받고 운동하면서 잃어가고 있는 신체기능을 인지하고 발달시켜간다. 내 몸을 관찰하고 내 몸의 쓰임을 정확하게 알아가는 데 많은 도움을 준다.

잘못된 것을 인지했다면 바로잡을 수 있는 방향과 방법을 찾으면 된다. 우리 몸도 마찬가지다. 잘못된 상황을 정확히 알고 이상적인 기능에 대한 기대와 목표가 있으면 몸은 선한 방향으로 따라가게 되어 있다. 그리고 필라테스는 그러한 선한 방향으로 분명하게 몸을 이끌어준다.

➲ 팔 운동arm work 시리즈

관련기구: 리포머

오십견을 예방하거나 거북목 등으로 유발된 어깨 통증을 완화하기 위한 팔 운동 동작들이다. 오십견 재활치료 후 서서히 가동 범위를 회복시키는 데 도움이 된다.

Ch03.

내 몸과의 대화

    나는 필라테스 동작을 수행하면서 내 몸과 대화한다. 기억상실증에 걸려 움직임을 잃어버렸던 엉덩이근육의 느낌을 찾는 그 순간, 나는 이렇게 말하였다. "'너'라는 근육이 거기 있었구나. 이렇게 느낄 수 있는데 그동안 내 무관심 속에 잊고 살았네. 미안해, 이제부터는 너를 자주 깨워 줄게." 하고.

    주 1~2회씩 1:1 필라테스 수업을 받으며 몸이 변화했다. 자의적으로 움직이지 못했던 엄지발가락을 위아래로 움직일 수 있게 되었고, 열 개의 발가락을 좌우로 쫘악 펴내는 움직임도 되찾았다.

쉬운 과정은 아니었다. 한번 잃어버린 기능을 회복하는 데 꽤 오랜 시간이 걸렸기 때문이다. 엉덩이 근육을 깨우기 위한 동작을 수업 시간 외에도 매일매일 15번씩 3세트를 반복했는데, 온전하게 느낌을 찾는 데까지 3년여의 시간이 걸렸다.

덕분에 더 소중하게 여긴다. 이제는 어렵게 되찾은 엉덩이 근육의 기억을 놓치지 않으려고 매일매일 조개 자세Clam shell 운동을 하고 있다.

필라테스는 오랜 시간 돌보지 못했던 나의 몸에 관심을 가지며 무엇이 부족한지를 인지한 후, '나와의 대화'를 통해 긍정적 변화를 이끌어내는 운동이다. 수많은 동작을 수행하면서 몸속 깊은 곳의 근육과 기관들의 움직임을 찾고 느끼며 몸에게 말을 건다.

예를 들어, 발목운동을 할 때는 발등을 종아리 앞쪽으로 강하게 당기고 나서는 '비복근'을 느끼며 "너 거기 있구나."하고 인사한다. 다음에는 발등을 종아리 앞쪽 그리고 발 안쪽으로 기울여 당기며 '가자미 근육'을 찾는다. "일반적으로 뭉뚱그려 말하는 장단지 근육이라는 것이 이렇게 나뉘어 세심하게 느낄 수 있구나" 말하며 몸의 움직임에 감탄한다.

짧아진 요추를 위해 운동할 때는 "양쪽 엉덩이를 바닥에 꾸욱 눌러보자, 그리고 꼬리뼈부터 척추 마디를 하나하나 세워볼까? 키 커지는 느낌으로." 라고 나를 격려한다. 이렇게 내 몸과 꾸준히 대화하며 운동하다 보면 어느 순간 자신이 사랑스러워진다. 몸과 마음, 그리고 삶에 있어서 긍정적 변화가 일어난다.

필라테스는 몸과 마음이 유기적으로 소통하는 운동이다. 동작을 준비하는 순간부터 마무리하는 순간까지 자신의 몸짓 하나하나에 집중해 움직임을 관찰해야 한다. 그리고 동작의 흐름을 스스로 느끼고 이해해야 나를 알아가고 심신을 관리할 수 있다. 스스로의 움직임과 신체에 대하여 인지하게 되면 몸에 대한 관심이 늘어난다. 이러한 관심은 신체 유연성이나 관절의 가동 범위, 근육 조절 능력을 향상시켜준다. 즉, 내 몸을 느끼며 '대화'하는 순간부터 변화가 시작되는 것이다.

많은 여성들이 나이가 들면서 보톡스와 필러를 맞고 각종 시술을 하며 젊어 보이려 노력한다. 하지만, 결국에는 '변화된 체형'으로 나이를 가늠해볼 수 있다. 더구나 50세가 넘으면 갱년기로 인해 체중과 군살이 늘고, 어깨는 처지고 앞으로 말린다. 엉덩이는 아래로 처지며 늘어지고 허벅지 안쪽은 힘이 약해져 두 다리는 벌어진다. 체형의 변화는 나이를 그대로 반영한다.

필라테스를 시작하면서 나는 내 자신의 체형을 정확하게 바라보기 시작했다. 짧아진 요추로 인해 살짝 굽은 듯한 허리, 벌어진 허벅지와 뒤틀리고 있는 무릎, 균형이 깨진 양쪽 골반, 어깨와 귀 사이가 가까운 '솟은 어깨'가 나의 유형이었다.

말린 어깨와 가슴으로 인해 등을 길게 뻗어내는 힘이 부족했고, 다리와 엉덩이의 경계는 이미 무너져 있었다. 20년 이상을 거의 매일 1시간 이상 유산소 운동을 해왔지만 나이로 인한 신체 변화는 막을 수 없었다. 세월에 무너진 체형은 현실을 자각하는 시간을 주었다. 유산소 운동과 별개로 근력운동을 해야 할 때가 온 것이었다.

필라테스를 시작하고 노화에 따른 몸의 변화를 인지한 후, '자세와 정렬'을 바로잡는 운동을 하게 되었다. 내 몸과 끊임없이 대화를 하며 인지한 사실들을 운동학습으로 나타나도록 했다. 신체움직임에 일정한 패턴을 만들어내며 바른 습관을 만들어갔다. 그리고, 이러한 바른 습관을 이어가기 위해 나는 오늘도 내 몸에 대하여 항상 깨어있으려 노력 중이다.

➜ 클램 셸 Clam shell

관련 기구: 매트

운동 부족 혹은 노화로 인해 서서히 기능을 잃어가기 쉬운 엉덩이 근육 중 중둔근을 강화하는 운동이다. 허리 혹은 고관절 주변 통증을 예방한다.

사람 이름

우리가 즐기고 있는 필라테스는 사람 이름이다. 정확히 표현하자면 '조셉 필라테스'라는 사람의 성 姓, last name 이다. 지금으로부터 약 100년 전인 1926년에 뉴욕에서 조셉 필라테스가 첫 번째 필라테스 스튜디오를 설립했다. 오늘날 필라테스 전파의 시작이었다.

태생적으로 병약했던 조셉 필라테스는 어려서부터 여러 질병을 이겨내기 위해 체조, 다이빙, 보디빌딩 등 다양한 운동을 했다고 한다. 그러면서 동양과 서양의 여러 운동과 운동 철학에 빠지게 되었고 이를 모아 자신의 운동법을 만들었다. 이때 개발한 운동법을 조셉 필라테스는 '조절학 컨트롤로지, contrology '이라고 불렀다.

특히 조셉 필라테스는 '건강을 위해서는 어느 한 가지에 치우침 없이 전체whole 가 운동되어야 한다'는 철학을 가지고 있었다. 이 철학에 따라 전체를 건강하게 하기 위해 각각 신체 부위별 조절을 통해 균형을 이루는 것을 중요시했다. 특정 부위의 근육을 키우는 것이 아니라, 신체 전체를 조절하며 균형적으로 발달시키기를 강조했다. 자신이 개발한 운동법을 '조절학'이라고 명명한 까닭이다.

또한 그는 자신의 조절학이 신체에 국한되는 피트니스 운동이 아닌 '신체와 정신의 균형'을 이루는 수련이 되길 바랐다. 더 나아가 궁극적으로는 '건강한 삶을 추구하는 하나의 삶의 방식'이 되길 원했다. 그의 책《컨트롤로지를 통한 삶의 회복Return to Life Through Contrology》을 보면 첫 문장에 "신체적 건강함은 행복의 첫 번째 필수조건이다"라고 적혀있다. 즉, 신체적 건강함이 없이는 행복할 수 없으므로 조절학이 일상의 하나가 되어 끊임없이 건강한 삶을 추구하길 원했던 것이다.

그러는 와중에 제1차 세계대전 때 수용소에 억류하게 되면서 부상 군인들의 재활을 위해 자신이 고안한 운동 법을 전하게 되었다. 특히, 신체적으로 불편하거나 아픈 사람들의 재활을 위한 기구도 고안했는데, 이것이 지금 사용하는 필라테스 기구들의 시초다. 그리고 자신이 고안한 다양한 기구들을 활용하기에 적합한 600여 개의 동작을 개발했다. 재활을 위한 운동이 현대에 와서는 운동부족과 신체 불균형으로 고생하는 현대인들의 체형 교정법으로도 주목받고 있는 것이다.

한편, 조셉 필라테스는 '우리의 근육을 우리의 의지대로 움직이기' 위해서라도 그가 만든 운동법인 조절학을 해야 한다고 주장했다. 노화 혹은 잘못된 습관들로 인해 자의적 움직임을 잃어가고 있는 신체 부위들이 매우 안타까웠던 모양이다. 그래서 몸의 모든 근육을 올바르고 과학적으로 운동시킨다는 생각으로 조절학을 구성했다.

오늘날 필라테스도 활동을 멈추고 있는 수많은 근육세

포들을 다시금 깨우기 위해 혈액순환을 향상시켜 보다 많은 혈액이 모든 근섬유와 조직에 전달되도록 동작들이 구성되어 있다. 몸의 순환계를 활성화시키고 누적된 피로가 혈류를 통해 배출되어 뇌가 맑아지길 원했던 그의 바람이 담겨있는 것이다. 이러한 점에서 현대인들이 가장 원하는 '치유' 개념의 운동이라 할 수 있다.

살펴본 바와 같이 필라테스는 단순한 신체의 움직임이 아니다. 전체적인 건강한 삶을 강조하며 뚜렷한 철학을 가지고 신체와 정신의 균형을 추구하는 운동이다. 단편적이고 일시적인 방식이 통하지 않기 때문에 긴 여정이라는 개념으로 운동법을 제시하고 있다. 그러므로, 필라테스는 길고 긴 삶 속에서 평생을 함께 할 수 있는 '반려운동'이 될 수 있다.

수백 가지의 동작과 다양한 기구, 그리고 대상에 따라 조절 가능한 강도와 난이도 등은 남녀노소 상관없이 누구나 필라테스를 즐길 수 있게 만든다. 나이, 성별, 신체 조건과 상관없이 평생 할 수 있는 운동인 셈이다. 필라테스를 가르치는 강사로서 필라테스가 가지고 있는 정신과 장점들을 보다 많은 회원들에게 오래도록 전달하고 그들과 '선한 영향력'을 주고받고 싶은 것이 나의 최종 목표이다.

➡ **보텀 리프트** Bottom lift with Rubar

관련 기구: 캐딜락

캐딜락에서 하는 중급 단계의 동작이다. 팔 운동과 척추 분절 운동, 균형감을 찾기 위한 몸통 운동 등을 포함한 복합 동작이다. 가슴을 앞으로 펼쳐 내는 근육과 코어 근육을 강화하고 척추 분절을 통해 유연성을 제고할 수 있다.

Ch05.
마음과 신체의 연결

필라테스를 좋아하는 이유를 하나 말해보자면 '마음-신체 연결성 Mind-body connection'을 중시하기 때문이다. 조셉 필라테스는 마음-신체의 연결성을 필라테스가 추구하는 건강한 삶을 위한 궁극적인 목표이자 가치라고 했다. 그래서 이 둘의 균형을 매우 중요하게 여겼다. 마음과 신체는 분리해서 관리할 수도 없으며 어느 하나만 안 좋아져도 다 불편해질 수 있기 때문이다. 반대로 한가지 요소를 잘 관리하면 전체적으로 긍정적인 변화가 일어난다. 이때 필라테스가 긍정적인 변화를 이끄는 도구 역할을 할 수 있다.

마음이 힘들 때면 가만히 아무것도 하고 싶지 않은 것

이 당연하다. 하지만, 그럴 때일수록 마음을 치유할 유일한 방법은 '내 몸의 움직임에 온전히 집중'하는 것이다. 필라테스는 나의 움직임에 온전하게 집중하게 만드는 운동이다. 동작을 구현하는 시간만큼은 자연스럽게 내 몸에 모든 것을 쏟아내며 집중할 수 있다.

필라테스를 수련하면서 내 몸 구석구석 그리고 깊이 숨겨진 근육들을 하나하나 찾아내고 느꼈다. 그 과정에서 행복감마저 느껴졌다. 기억상실증에 걸렸던 엉덩이 근육을 살리고 발끝까지 뻗친 나의 신경 감각들을 찾고 키우고 편하게 움직이며 자신과의 사랑에 끊임없이 빠져들 수 있다. 온전히 나에게만 집중하고 몰입하면서 우울하고 불행한 생각에서 벗어날 수 있었다.

필라테스는 행복해지는 운동이다. 내 몸을 알아가고 온전한 나의 것인 내 몸을 소중히 하는 경험을 취미로 즐기며 마음의 건강을 찾게 한다. 나를 소중하게 여기게 되면 자신에게 마음의 여유를 허락하게 되고 우울함을 극복할 수 있게 되기 때문이다. 즉 신체의 움직임을 통해 정신적 건강이 추구되는 것이며 필라테스는 이를 가능케 만든다.

신체의 불편함은 마음의 병을 일으키기 쉽다. 더구나 나이가 들며 신체 어느 한구석이라도 기능이 떨어지거나 아프면 순간적으로 깊은 우울감을 느끼게 된다. 자신감도 잃게 된다. 젊어서는 느끼지 못하던 감정이다.

내 경우, 나이가 들면서는 내공이 쌓여 마음이 단단해진 줄 알았다. 젊어서 느끼던 주변 환경이나 상황에 따른 심적 동요도 많이 줄었다. 조절할 수 있다는 자신감도 생겼다. 하지만, 노화로 인한 신체 기능의 저하는 마음의 병으로 쉽게 전이되었다. 신체적인 불편함이 주는 우울한 감정은 추락하는 속도와 깊이가 젊었을 때와는 확연히 다르다.

따라서 마음과 신체가 긴밀하게 연결되어 있음을 알고 신체 전체를 통합적이고 균형적으로 발달시키기 위한 노

력이 필요하다. 그래서, 나는 필라테스를 시작했고 지금
도 하고 있다. 몸이 마음처럼 잘 움직이지 않아서, 혹은
전과 같이 편하지 않아서 급격하게 우울해지기 전에 나
를 추스르는 도구로 필라테스를 한다. 반대로 마음이 무
겁고 아파도 운동을 통해 치유하고자 나는 필라테스를
한다.

결국 노화는 내 몸을 자의적으로 움직일 능력을 잃어
가는 것이다. 결국에는 자신의 생리적인 현상마저도 내가
조절하기 힘든 순간이 오겠지만, 최대한으로 늦추어보고
싶은 심정으로 나는 오늘도 필라테스를 한다.

If your spine is inflexibly stiff at 30, you are old. If it is completely
flexible at 60, you are young.

당신이 서른 살임에도 척추가 경직된 것처럼 뻣뻣하다면 나이 든 것
이지만, 예순에도 척추가 완전히 유연하다면 젊은 것이다.

by Joseph Pilates

→ 브리딩 푸시 스루 바 Breathing with Push Through Bar

관련 기구: 캐딜락

호흡과 균형 그리고 협업 능력 향상을 목표로 하는 중급 레벨 동작이다. 호흡과 척추 분절*, 티저Teaser동작이 합쳐져 있는 복합운동이다. 척추 분절 운동은 경직된 척추 근육을 풀어주고 척추 움직임을 유연하게 한다. 티저 동작은 척추 기립근** 을 강화해 허리 통증을 예방한다.

*척추 분절: 흉추와 요추를 이루고 있는 척추 마디 사이 공간을 확보하며 뻣뻣한 척추를 유연하게 만들어 주는 동작.
**척추 기립근: 척추를 바로 세우는 근육들.

Ch06.

체계적인 교육 프로그램

　　사실 필라테스를 처음 접한 것은 10여 년 전이다. 다니던 스포츠센터에서 한 층을 필라테스 공간으로 리뉴얼한 후 기존 회원들에게 3회분 무료체험권을 나누어 주었다. 그런데 체험권 중 하나만 사용하고 그 이후로는 가지 않았다. 첫 필라테스의 경험은 '무리하게 늘리는 스트레칭'의 느낌이었다.

　　그러나 훗날 싱가포르에 와서 접한 필라테스는 과거에 경험했던 것, 그리고 그동안 가졌던 선입견과는 전혀 다른 차원의 운동이었다. 필라테스는 강사에 의해 크게 좌우가 된다는 것을 그때 깨달았다.

강사가 교육받은 공인된 기관이 어디인지, 그리고 필라테스가 가지고 있는 철학과 가치, 해부학적 지식을 얼마나 잘 이해하고 전달하는지가 중요하다는 걸 느꼈다. 훌륭한 강사를 만난 덕분에 그 후로 2년 이상을 필라테스가 가지는 가치와 경이로움에 감탄하며 1:1 개인수업을 이어나갔다.

막연히 필라테스 강사 자격증을 취득하고 싶다는 생각도 했다. 생각은 관심으로 이어져서 싱가포르에서 만났던 강사한테 어떻게 강사가 되기 위한 과정을 시작하면 좋은지, 어느 기관의 프로그램이 좋은지에 대한 조언을 얻었다.

우선, 필라테스 강사 자격증은 국내와 국제 자격증, 크게 둘로 나뉜다. 국내에서는 다양한 민간협회에서 짧게는 1개월, 길게는 6개월 내 일정 교육을 하고 자격 심사 후 자격증을 부여한다. 적은 시간 안에 빠르게 취득할 수 있지만 국내에서만 효력이 있다.

반면, 국제 강사 자격증은 미국, 캐나다 등 해외 현지에서 취득하거나, 국내에 들어와 있는 해외 교육기관 지점 등을 통해 자격증을 취득할 수 있다. 국제 강사 자격증을 취득하면 국내는 물론 세계 어느 곳에서도 필라테스 강사로서 활동할 수 있는 자격이 주어진다.

막연히 강사의 꿈을 꾸면서도 향후 외국에서도 가르치는 일을 하고 싶어 필라테스 국제 강사 자격증을 취득할 수 있는 5개의 주요 인증기관들을 소개받았다. PMA Pilates Method Alliance라는 '세계필라테스연맹', 그리고 PMA가 인증한 기관들인 스탓STOTT, 바시BASI, 발란스드바디 Balanced Body, 폴스타Polestar 등이 있다.

미국에서는 오래전부터 수익성만을 위해 가격과 교육의 질을 떨어뜨리며 우후죽순으로 생겨나는 필라테스 센터들의 운영을 방지하지 위해 PMA 세계필라테스연맹 가 설립되어 필라테스 교육기관의 질質 을 관리하고 있다. PMA는 필라테스 창시자인 조셉 필라테스Joseph H. Pilates

의 운동 방법을 보존하기 위하여 표준을 만들고 전문성을 홍보하는 국제적인 비영리 전문 협회이자 국제적인 자격증 인증기관이다.

반면, 캐나다 소재 스탓 필라테스STOTT PILATES는 조셉 필라테스의 노하우를 보다 현대적인 관점에서 새롭게 정립한 곳이다. 스탓 필라테스만의 5가지 원리를 바탕으로 체계적이고 독보적인 커리큘럼을 가지고 우수한 강사들을 양성하는 기관으로 유명하다.

나는 체계적인 교육프로그램을 바탕으로 공신력 있는 강사진이 교육하는 기관으로도 유명한 바시 필라테스에 등록했다. 총 16주 동안 매주 화요일마다 오전 9시부터 6시까지 이론과 실기 수업을 받았다.

국제 강사 자격증 취득은 쉽지 않았다. 2회차 수업 시간에는 내 자리가 아닌 곳에 잘못 앉아 있는 듯했다. 아차 싶었고 내가 너무 만만하게 생각했다는 후회도 밀려왔다. 더구나, 수업 횟수를 거듭하면서 점차 어려운 동작들을 배워 나갔는데 '과연 해낼 수 있을까?' 하는 의문만 계속되었다.

내가 회원자격으로 수년간 받았던 필라테스 수업은 실제 강사들이 하는 동작에 비하면 기본 중에서도 기본 Fundamental 수준이었던 것이다. 20여 년간 유산소 운동도 꾸준히 잘해왔고 3년 가까이 필라테스 레슨을 받으며 근력도 키웠다. 자격이 있다는 생각이 들어 강사 자격증 취득에 도전했었는데, 결국 자만 自慢 이 나를 곤경에 빠뜨린 느낌이었다.

매번 수업 시간 시작 전에 보는 해부학 쪽지시험도 만만하지 않았다. 쪽지시험은 자격증을 취득하기 위한 필기 항목 점수에는 포함이 되지 않았지만, 최종 해부학시험을 통과하기 위해서는 틈틈이 외워 놓아야 할 부분이었다. 더구나, 젊은 동기들과 시험지를 교환해서 채점을 하는 상황이라 마냥 공부를 안 할 수도 없었다. 익숙하지 않았던 신체 근육들의 그림도, 영문 명칭도, 한글 명칭도 모두가 낯설고 어려웠다.

수업 시간에 배운 동작들은 차주 수업 시간 전까지 마스터를 해야 했다. 그런데, 수업 일수가 쌓여갈수록 어려운 동작들은 많아지고 연습조차 할 엄두가 나질 않았다. 난이도가 높은 동작은 머리로는 이해한다고 해도 바로 따라 하기 어렵다. 기본이 되는 여러 다양한 근육들이 제대로 발달되어야 최종적으로 구현할 수 있기 때문이다. 동작 자체의 시작과 마무리, 동반하는 호흡 방법까지 외우기 위해 해당 동작의 동영상도 매일 30분 이상씩 시청해야 했다. 티칭 시험도 간과할 수 없었다. 이를 준비하기 위해서는 실제 강사들이 회원 혹은 교육생을 대상으로 하는 수업을 참관하는 것이 중요했다.

이렇게 시작된 필라테스 국제강사 자격증 취득 과정은 목표했던 자격증을 받는 순간까지 1년하고도 2개월이 넘게 걸렸다. 중간고사, 이론과 해부학을 포함한 기말고사를 통과하고 나서도 연습 200시간, 티칭 200시간, 옵서버[1] 100시간 이상씩을 채워야 했다. 그래야 티칭과 실기시험에 도전할 자격이 주어진다. 이론, 티칭, 실기시험에 통과한 후에도 마지막으로 '스튜던트 페이퍼'라는 약식 논문을 미국 본사에 제출했고 그제야 수료증을 받게 되었다.

백 단위의 숫자를 보며 채울 수 있을까 염려했던 500시간의 연습, 티칭, 옵서버 시간은 수백 개의 동작을 익히기 위해 매일 4~6시간씩 8개월을 매달린 결과 훨씬 초과하여 달성했다. 오랜 수련이었지만 덕분에 온전히 내 몸으로 익히고 체득한 동작들과 그 과정 속에서 터득한 필라테스가 가지는 가치와 장점들은 강사로서 활동할 수 있는 큰 자산이 되었다.

1. observer, 참관 수업

➡ 레그 서클 Leg circle

관련 기구: 매트

장시간 앉아서 생활하거나 서 있는 시간이 많은 사람들은 골반과 고관절의 분리가 잘 안되어 불편함을 느끼게 된다. 이때 고관절 주변의 타이트한 근육들을 이완시켜주고 유연성을 높여주는 고관절 분리 Hip Diassociation 운동이다. 또한 허벅지 뒷면 근육인 햄스트링을 유연하게 스트레칭 해주고 몸통의 안정성을 유지하는 근력도 키워준다.

"마시고… 내쉬고…. 어메이징…."

라엘 아이자코비츠[2] Rael Isacowitz 의 서툰 한국말 구령에 맞추어 우리는 100분 가까운 시간을 쉬지 않고 동작을 이어가며 희열의 순간을 맞이해갔다. 이틀에 걸쳐 진행된 바시필라테스 글로벌 컨퍼런스의 마지막 프로그램, 대형 룸에서 수 백 명이 모여 라엘의 구령에 맞추어 매트 동작들을 하나하나 수행하며 몸과 마음, 그리고 정신이 하나가 되는 경험을 했다.

바시 필라테스는 30년 전통의 글로벌 필라테스 브랜드로 체계적으로 정립된 교육철학과 시스템에 따른 교육프로그램을 제공&자격증을 발부하고 있다.

2022년 7월, LFTL Learn From The Leader라는 바시필라테스의 글로벌 행사가 서울에서 이틀간 진행되었다. LFTL은 바시필라테스의 글로벌 리더들이 한곳에 모이는 행사로 그들의 명강의를 직접 듣고 체험할 수 있다. 글로벌 리더 강사들과 상호 연결되며 '바시 패밀리BASI family'라는 소속감을 주는 행사. 기구별로 업그레이드 된 새로운 동작들은 물론 해부학, 재활, 산전산후 임산부 필라테스 등 분야별로 심화된 필라테스 동작들을 배울 수 있다. 바시필라테스의 창시자인 라엘이 40년 이상 필라테스 전문가로서 업계 최고의 동료들과

2. PMA에서 공식적으로 인정하는 Legacy Circle. 필라테스의 계보를 공식적으로 정리한 것으로 조셉과 클라라 필라테스로부터 시작해 캐시 그란트, 로마나, 론플래처 등의 1세대 제자로 본다. 2022년에 라엘 아이자코비츠가 2세대 필라테스 티쳐 중 대표자로 선정되었다.

함께 필라테스를 연구하며 축적한 교훈과 기술을 공유하는 과정으로 강사로서 티칭 스킬을 연마하고 수준 높은 공부를 할 기회였다. 애슐리 리치의 '산전산후 워크숍', '필라테스 아나토미'를 집필한 카렌 클리핑어의 '재활 및 부상예방 필라테스 워크숍'은 물론 라엘의 심도 높은 기구클래스 등 다양한 경험을 제공했다.

바시BASI는 'Body Arts and Science International'의 약자이다. 필라테스를 과학과 예술의 경지에 비추어 연구하여 만들어진 글로벌 필라테스 브랜드다. 바시에서는 필라테스 지도자가 되기 위한 기본 자질로 세 가지를 요구한다. 첫째는 조셉 필라테스가 창시한 필라테스 운동법에 정통해야 한다. 그리고, 과학적으로 정확히 말하자면, 해부학적으로 인체 동작에 대한 이해가 높아야 한다. 마지막으로는 개개인의 요구에 맞추어 이 둘을 융합할 수 있는 창의성도 갖추길 요구한다. 그렇기 때문에, 바시BASI에서는 필라테스 동작 그 자체만을 목표로 하지 않는다. 최종적인 목표는 규칙적인 실천을 통해 필라테스 운동법을 올바르게 이해하고, 그 운동법이 가져올 수 있는 긍정적 변화를 이루어 내는 것이다. 이러한 기준에 맞추어 강사들을 양성한다.

바시필라테스는 조셉과 클라라 필라테스가 남겨놓은 훌륭한 유산은 존중하되 현대의 정신을 잘 결합시켜 고전적인 방법과 조화롭게 융합되는 것을 추구한다.

예를 들면, 조셉 필라테스는 호흡breath, 집중concentration,

중심center, 조절control, 흐름flow, 정확성precision 등 총 6가지의 원리를 제안했다. 이는 필라테스 운동법을 다른 형태의 신체훈련 프로그램들과 차별화하고 고유한 것으로 만들어주었다. 이러한 원리들 때문에 필라테스 운동은 단순한 하나의 신체 활동이 아닌 "몸과 마음의 연결mind-body connection"이라는 보다 업그레이드된 종합적인 가치를 추구하는 운동이 되었다. 이는 내가 필라테스를 하는 이유이기도 하다.

바시 필라테스는 조셉 필라테스가 제시한 6가지 원리외에 인지awareness, 균형balance, 효율성efficiency, 조화harmony 등 4가지 원리를 추가하였다. 그래서 바시필라테스에서는 어느 특정 신체 부위에만 집중하는 프로그램을 진행하지 않는다. 몸과 마음의 균형, 그리고 신체 모든 부위의 조화를 최우선으로 고려하여 프로그램을 구성한다.

이는 바시필라테스의 최대 장점이라고 할 수 있는데, 이를 '블록 시스템Block system'이라고 부른다. 블록시스템에 맞추어 전신 운동이 될 수 있도록 프로그램보통 '시퀀스'라고 칭함을 준비한다. 준비 운동부터 다리 운동, 복부 운동, 고관절 운동, 척추분절 운동, 중간 스트레칭, 통합 동작, 팔 운동, 옆구리 운동, 등 신전운동, 마무리 운동의 순서로 동작들을 프로그램화하여 고객에게 제공한다.

필라테스는 균형을 중시하는 운동이다. 균형이 깨지면 문제가 발생하는데, 필라테스는 이러한 문제를 사전에 방지한다. 이러한 점에서 바시 필라테스의 블록시스템은 필라테스 강사가 어느 하나에 치우침 없이 균형 있게 운동프로그램을 준비하는데 중요한 가이드가 된다. 필라테스가 가지는 정신을 실행하기 쉽도록 제공하는 시스템이 바로 블록시스템이다.

◯ 롤 업 Roll up

관련 기구: 매트 혹은 캐딜락

척추의 유연성을 높이고 복근을 강화하며 척추 마디마디의 분절에 도움이 되는 필라테스 시그니처 동작 중 하나이다. 특히 척추가 뻣뻣해서 허리나 골반, 엉덩이에 통증이 있는 분들에게 많이 적용한다.

** 바시 롤업

현대인들은 체형이 앞쪽으로 굴곡된 경향이 강하다. 바시 롤업은 이 사실에 집중하며 몸통의 앞, 뒷면을 동시에 수축해 아래 허리 척추 사이의 공간을 최대한 길게 유지하는 'C' 모양 커브를 만드는 롤업 동작을 추구한다.

새로운 세상

"저는 미국에서 운동생리학을 전공하고…."

"저는 6년간 요가선생을 했고요…."

"소아 물리치료 일을 하고 있어요…."

강사가 되기 위한 과정 2일차에 동기 12명과 통성명하는 시간이 있었다. 이미 8명은 요가나 운동학, 물리치료 등 신체활동 분야 경험자였다. 연령대는 20대 후반부터 30대 중반까지 다양했지만 그럼에도 불구하고 50대는 단한 명, 나뿐이었다.

지금까지 다양한 환경 속에서 나를 소개하는 시간을 가져왔지만, 나이나 경력 등 모든 측면에서 주눅이 들어본

적은 처음이었다. 지금껏 내가 살아온 분야와 활동 영역과는 너무도 다른 자리에 와 있다는 것을 실감했다. 그럼에도 불구하고 나는 내가 왜 이 자리에 오게 되었는지를 진솔하게 알려주고 싶었다.

"저는 대학 전공에 맞추어 졸업 후, 20여 년간 대기업에서 마케팅과 브랜딩 업무를 했습니다. 현재 나이는 50대 초반 정도이고요. 3년 전 싱가포르에서 체류할 때 허리통증으로 필라테스를 시작하였는데, 몸과 마음을 모두 건강하게 해주는 놀라운 운동임을 알고 강사 자격증을 취득하고 싶었습니다. 더구나, 나이가 들면서 몸이 불편하면 정신적으로도 금세 우울해지는 현상이 두드러지더라고요. 그래서, 하루를 살더라도 건강하고 상쾌한 삶을 살기 위해 필라테스를 전문적으로 배워보고자 강사 프로그램을 수강하게 되었습니다" 하고 나를 소개했다.

솔직하게 그리고 필라테스가 추구하는 가치를 잘 이해하고 말한 탓인지 내 소개가 끝나자마자 지도 강사가 첨

언해주었다

"좋은 포인트예요. 몸과 마음이 연결되어 있다는 점, 그래서 몸이 아프면 마음에도 영향을 크게 주고, 그리고 그 반대, 마음이 힘들면 몸이 쇠하게 되지요. 이러한 포인트가 필라테스의 정신이랍니다. '몸과 마음의 연결됨'이지요."

이때 지도 강사의 말 한마디는 잠시 주눅들었던 내 마음을 편하게 해주었다. 조금 여유가 생긴 나는 내 자신을 이렇게 독려해보았다. '내가 나이가 많아 신체적 성과에는 많이 뒤처질지 모르지만, 행위 본질에 대한 통찰력도 있고 지금까지의 경험이 분명 도움이 될 거야.'라고.

하루 수업 시간은 8시간 정도였다. 이론과 실기로 나누어 진행되는데, 오전에는 주로 해부학과 동작에 대한 정보와 이론들을 다루었다. 오후에는 2인 1조 혹은 3인 1조가 되어 동작들을 배우고 익혔다. 이때 조별 파트너의 역할은 동작을 하면서 동작의 흐름과 구현의 정확성을 봐주고 그 동작이 추구하는 근육을 잘 사용하는지 관찰하고 알려주는 것이었다.

불행히도 나는 이런 시간이 가장 힘들고 피하고 싶었다. 가능하면 파트너에게 실습하는 시간을 양보하면서 남 앞에서 내가 동작하는 시간은 최소한으로 하려 했다. 그날 배운 동작을 바로 해낸다는 용기나 의욕이 부족했기 때문이다. 나는 한참 모자를 테니 개인적으로 연습을 많이 해야 한다는 생각만 들었다. 자신감 결여는 수업 시간 내내 나를 작게 만들었고 체감적인 수업 시간 총량도 길게 만들었다. 한마디로 버티기의 시간들이었다.

대신 집에 돌아와서는 나의 방식으로 필라테스 수업에 접근해보았다. 그날 배운 이론과 동작들을 분석, 정리하며 '나만의 필라테스 동작 매뉴얼'을 만들어갔다. 해부학 용어나 이론 시간에 배운 낯선 용어들을 정리하고 암기하는 시간도 많이 필요했다. 무엇보다도 수백 개의 동작들의 이름과 동작에 수반된 각종 정보를 암기하려면 체계적으로 정리하는 것이 우선되어야 했다. 그렇게 머릿속으로 충분히 이해해야 연습할 때 몸으로 쉽게 체화할 수 있고 놓치는 동작 하나 없이 모든 동작들을 마스터할 수 있을 것 같았다.

나는 나의 장점인 엑셀excel 작업을 통해 그동안 배운 수백 가지의 동작들을 정리했다. 기구별로, 레벨별로, 바시 블록시스템[3] 에 맞추어 웜 업 운동Warm up , 다리 운동Foot work , 복근 운동Abdominal work , 척추 운동Spinal articulation work 등 10가지 블록에 맞추어 배운 동작들을 끼워 넣었다. 동작별로 사용되는 주요 근육, 동작이 추구하는 목적, 동작 구현방법과 순서, 호흡법, 큐잉 방법들을 하나하나 정리하며 타이핑했다.

그제서야 수백 개의 동작들이 머리 속에 구조화되었다. 이제 정리된 자료를 바탕으로 동작 하나씩 마스터해가면

---

3. 필라테스 운동법에 대한 BASI 접근법으로, 순차적인 구조 안에 놓여진 전체 운동목록을 관리하는 시스템을 말함.

되었다. 물론 동작을 마스터하기까지 걸린 시간은 다른 젊은 동기들보다도 몇 배는 더 걸릴 것이다. 다만, 연습하는 동안 누락되는 동작이나 과정 없이 실행할 수 있는 매뉴얼을 완성한 것은 지금껏 내가 살아온 경험이 주는 강점을 살린 결과물이다.

엑셀로 정리된 수백 가지의 동작 테이블table, 표은 이론 시험을 앞두고 동기들과 공유를 했다. 고마움을 표현해주는 동기들과 이론 시험 보기 몇 분 전까지 내가 만든 자료를 보며 암기하는 동기들을 보며 실습을 하는 동안 느꼈던 열등의식을 조금이라도 만회할 수 있었다.

강사가 되는 과정 속에서 내가 살아온 세상과 전혀 다른 분야에 와서 느꼈던 두려움과 자괴감이 없을 리가 없었다. 그래도 그동안 내가 쌓아온 경험과 강점은 분명히 있었고 이를 통해 조금씩 극복해 갈 수 있는 자신감을 얻게 되었다.

➍ 레그 리프트 Leg lift

관련 기구: 매트

폐경이나 노화로 인해 퇴화하는 고관절 혹은 무릎 등의 통증을 예방하기 위해 고관절 굴곡근을 강화하는 운동이다. 고관절 굴곡근은 허벅지 앞면 근육을 지칭한다.

Ch08.

도전의 연속

"쌤~ 여기 좀 봐주세요!" 2인 1조로 연습하는 와중에 파트너가 다급하게 강사님을 부른다. 혼자서는 나를 감당하기 힘들었나 보다.

래더바렐 Ladder Barrel 이라는 기구에서 사다리 위에 발을 얹고 넓은 배럴 Barrel 에 골반 옆을 걸치고 하는 옆구리 운동 동작 중이었다. 등근육이 고르지 못한 나로써는 '몸통이 앞뒤로 유리판에 끼인 것'처럼 흔들림 없이 올라올 수가 없었다.

오른쪽 옆구리를 굽혀 내려갔다가 올라오는데 휘청휘청하는 내 모습에 당황한 파트너는 급히 강사를 불렀건만, 강사를 교육하러 온 강사조차도 나를 어떻게 해야 할지 난감해했다. 나처럼 나이 많은 수련생도 처음인듯했고, 젊은 수련생들은 아무런 문제없이 척척 해내는 동작을 왜 힘들어하는지, 어디서부터 어떻게 수습해야 할지 모르는 눈치였다.

지금 돌이켜보면, '사이드오버 Side Over'라는 이 동작은 '몸통의 안정화', 즉 복근과 등근육 전체가 골고루, 그리고 단단하게 잡히지 않으면 하기 어려운 동작이다. 단순히 국민체조의 옆구리 운동처럼 옆으로 내려갔다가 올라오기만 할 수 있는 것이 아니었다. 그 당시 나의 몸은 한마디로 필라테스의 기본 동작들을 구현하기에도 '총체적 난국' 상태였다.

나이를 먹으며 하나씩 사라지고 잊은 많은 근육들의 기억을 다시 깨우고 살린 후에야 비로소 원하는 동작들을 구현할 수 있었다. 하나의 동작을 제대로 만들어내기 위한 수많은 근육들의 쓰임에 놀란 그 날의 기억은 아직도 생생하다. 지금도 매일매일 기본적인 수련을 이어가는 것도 다시는 나의 근육들이 기억상실증에 걸리지 않도록 하기 위한 발버둥 같다.

언제나 새로운 도전 앞에서는 두려움과 무서움이 앞선다. 그래서 많이 망설이게 되지만, '하고 싶다'는 열망은 때로는 무모한 도전을 그냥 저지르게 한다. 지나온 삶을 돌아봐도 그랬던 거 같다. 망설이다가 덜컥 일을 저지르고 이를 수습하다 보면 도전의 끝이 오는 스토리를 반복해왔다. 이때 공통적으로 들었던 생각이 있다. '생각보다 쉽네, 내가 너무 겁을 먹었었나? 막상 시작하니 할 만하네'라고.

그런데, 필라테스 강사가 되겠다고 시작한 수업들은 그렇지 않았다. 두려움과 의심은 날로 커져만 갔다. 수업 이틀날 들었던 생각, '내가 잘 못 와 있나? 과연 끝까지 갈 수 있을까?'라는 질문도 수업 횟수를 거듭할수록 사라지기는커녕 계속 반복되며 나를 작게 만들었다 '해야 할',

아니 '해내야 할' 지식 습득과 동작들이 늘어만 가면서 자신감은 계속 떨어지고 있었다.

해부학 또한 새로운 도전이었다. 익숙지 않은 해부학 용어와 기능을 숙지하고 그것들이 실제 동작에서 어떻게 쓰이는지를 학습하는 것이 쉽지 않았다. 근육명도 한글 명칭, 한자 명칭, 영문 명칭 등 세 가지 방식으로 공부해야 했고, 근육의 모양, 위치, 근섬유방향, 부착지점에 따라 달라지는 기능은 암기 범위를 기하급수적으로 증가시켰다. 여기서 끝이 아니었다. 주요 관절들의 동작에 따른 핵심근육들을 하나의 묶음으로 외워가며 어떤 상호 작용을 하는지도 이해해야 했다.

예를 들어, 오십견은 주로 어깨관절 주변의 회전근개 Rotator cuff 의 문제로 보는데, 이 회전근개는 극하근, 견갑하근, 극상근, 소원근이라는 근육들로 이루어져 있다. 오십견을 방지하고 안정적이고 원활한 어깨 관절 움직임을 유지하려면 네 가지 근육들을 강화하고 보호해야 한다.

이렇게 낯선 용어와 이론들은 무조건 외워서라도 쪽지 시험, 중간과 기말고사를 통과해야 하는데, 나이가 들어서인지 암기조차도 힘든 상황이었다.

수업 시간에 배운 동작들은 그날 바로 집에 와서 엑셀 excel 파일로 정리를 했다. 모든 수업을 다 마친 후 보니 배운 기본 동작이 총 350개 가까이 되었다. 이렇게 정리된 동작리스트를 중심으로 티칭과 실기시험을 준비했다. 동작이름을 들으면 바로 시연을 해야 하는 실기시험을 위해서는 엇비슷한 동작명을 가진 여러 동작들을 익숙해질 때까지 몸으로 익히는 노력이 필요했다.

필라테스 강사가 되는 과정은 하나서부터 열까지 모두가 내가 살아왔던, 쌓아왔던 것과 전혀 다른 세상이었다. 줄곧 책상머리에 앉아 머리로만 이해하고 생각하는 일들을 해왔다. 어려서는 암기실력도 좋아서 시험 보는 능력도 있었다. 그런데, 이제는 암기실력도 거의 사라진 상황에서 머리가 아닌 '몸'으로 하는 일에 도전하고 있었다.

더구나, 선천적으로 몸이 유연하지도 않고 신체활동을 좋아하며 즐기지도 않았던 내가, 나이 들어 관절도, 근육도 뻣뻣해서 앉았다 일어나는 것만으로도 곡소리를 내는 내가, 무모한 도전을 한 건 아닌가 하는 끊임없는 의심 속에 수업일수를 채워갔다.

　더군다나 머리로 하는 공부는 며칠을 쉬었다가 다시 해도 문제가 없는데, 몸으로 익히는 일은 하루도 쉬지 않고 해야 한다는 어려움도 있었다. 말 그대로 '수련修練'의 생활,' '도전의 연속'이었다. 한 동작을 완전하게 습득하게 되면 쉴 틈 없이 바로 다음 단계의 동작으로 나아가야 했다.

　결국 나는 나의 일상을 단순하게 만들며 연습을 반복하는 시간에 들어갔다. 필라테스 동작들을 수련하는 시간들은 더 중요한 것을 위해 덜어내고 덜 중요한 것을 버리며 반복되는 일상을 통해 또 하나의 기술과 정신을 얻어가는 과정이었다.

➔ 사이드 오버 Side Over

관련 기구: 래더 배럴

옆구리 스트레칭 효과 외에 코어core와 등근육 강화에 도움이
되는 동작으로 몸통 앞뒤로 균형을 잡고 옆구리로 내려갔다
올라오는 것이 동작의 핵심이다.

나를 사랑하게 하는 운동

가족들과 프랑스 파리에서 생활한 적이 있다. 그곳에서 나는 타인의 눈치를 보지 않고 '내 자신을 나만의 속도'로 들여다보는 기회를 가졌다.

그동안 나는 자신이 무엇을 원하는지도 모른 채 사회 가족이나 학교, 내가 속한 조직 에서 요구하는 모습으로 달려왔었다. 파리생활을 하기 전까지는 항상 나 자신이 '페르소나 Persona, 가면을 쓴 인간'라 생각하며 생활해 왔다. 타인의 시선에 갇혀 살다, 조직 생활에서 이룬 모든 것을 다 포기하고 가족과 함께하기 위해 파리행行을 택하고 나서야 내가 하고 싶고 하면 즐거운 것들을 찾아 다니기 시작했다.

그런데 그렇게 어렵게 찾은 내 자신의 모습을 귀국 후 직장생활을 하면서부터 또 다시 타인의 시선 안에 가두게 되었다. 마흔하고도 반을 넘겼는데도 남의 시선에서 완벽하게 벗어나지 못하는 생활을 견디며 점점 힘이 들기 시작했다. 그러다 필라테스를 하면서 타인이 아닌 자신의 시선으로 자신을 바로 보고 느끼며 사랑하는 법을 배우게 되었다.

필라테스는 안전을 위해서라도 항상 집중해야 한다. 기구 운동이기 때문이다. 항상 조심스럽게 기구를 다루고 준비와 마무리를 하지 않으면 다칠 위험이 높다. 예컨대 스프링의 저항을 조절하지 못하면 튕겨 나가는 스프링의 힘에 다칠 수 있다.

필라테스 실기나 티칭 시험에서도 본 動作과 별도로 '준비 자세'나 '마무리'의 절차를 중요시하는 것도 강사와 이용자의 안전을 위한 조치이다. 운동 준비 단계는 물론 운동 중에도 잡념을 갖게 되면 사고의 위험이 높으므로 항상 집중이 우선된다. 기구 사용으로 인한 불상사를 막기 위해 운동하는 내내 '나 자신에게만' 집중을 해야 하는 것이 피곤할 수 있지만, 결과적으로는 나를 사랑하게 되는 계기가 된다.

　또한 필라테스는 동작을 충분히 분석하고 이해하고 접근해야 운동 효과가 높다. 동작이 추구하는 목표와 목적 근육 표적근육 , 그리고 동반되는 근육들, 그러한 근육들이 동원되는 순서 등을 염두하고 동작을 진행해야 한다. 그리고 동작하는 동안에는 내 몸 구석구석의 근육들과 그 근육들의 움직임을 느끼기 위한 엄청난 인지력과 집중력이 요구된다. 내 몸의 쓰임을 느끼기 위해 집중하는 동안, '나도 몰랐던 나의 몸의 움직임'에 놀라게 된다.

　예를 들어, '골반 말아 올라가기 펠빅 컬, Pelvic curl ' 동작이 있다. 등과 엉덩이를 바닥에 대고 무릎은 세운 뒤 정렬을 맞추며 시작한다. 이때 정렬이란 필라테스에서 말하는 '골반 중립'자세다. 즉, 목부터 꼬리뼈까지 연결되는 척추를 바닥에 일렬로 맞추며 복근을 잡아준다.

이렇게 몸의 정렬을 맞춘 후 시작 근육, 즉 복근과 등근육을 깨워 준비를 시킨다. 그 다음에는 아랫배를 가슴 쪽으로 끌어당기듯 움직이면 아래 허리가 바닥에 닿으면서 엉덩이가 살짝 들리고 이때부터 척추 마디마디를 바닥에서 떼어내듯 올라간다.

엉덩이 높이가 세워놓은 무릎 높이까지 되면 '어깨와 무릎까지 사선 일직선'으로 만들며 허벅지 뒷면의 근육을 느껴본다. 다시 호흡을 마신 후, 내쉬면서 위쪽 등 척추부터 바닥에 내려놓으면서 처음 시작 자세로 돌아오는데, 이때 등부터 꼬리뼈까지 연결된 척추의 마디마디를 느끼는 것이 중요하다.

이렇게 시작 근육, 운동 근육, 서로 연결된 근육 등을 생각하고 움직이는 데 집중하면 '지금, 이 순간, 여기' 나의 몸에서 일어나는 모든 것을 느낄 수 있다. 오롯이 나에게만 집중하는 순간이다. 고도의 집중과 신체 인지 Awareness 를 필요로 하기 때문에 다른 것을 생각할 여유나 틈이 없다. 이러한 과정 속에서 나는 전에 느껴보지 못한 몸의 세심한 움직임에 감탄하며 나를 사랑하게 된다.

　내 몸을 세분화시켜 잘게 쪼개어 찬찬히 들여다보면 나를 아끼고 사랑하는 마음이 커진다. 이러한 마음은 동작을 수행하는 동안 내 몸의 모든 지점을 깨우며 알게 된다. 엉덩이를 하나의 덩어리체가 아닌 대둔근, 중둔근, 깊숙이 아주 작게 자리잡은 소둔근으로 나누어 깨우고 느끼며 움직임을 찾을 수 있다. 하나의 척추로만 생각했던 몸을 요추아래 허리 , 흉추등뼈 , 경추목뼈 로 나누어 곧게 세우며 동시에 척추 마디마디를 길게 늘여 '키가 커지는 느낌'도 찾아본다. 깨우는 지점이 많아지면 많아질수록 나를 알아가고, 내 몸을 알게 될수록 신체와 마음이 긍정적인 경험으로 긴밀하게 연결되며 나를 사랑하게 된다.

　강사가 되기 위해 오랜 시간 수련을 하면서 그동안 내

몸에 너무 무관심했고, 돌보지 못한 것에 대해 많이 반성했다. 예부터 '열 손가락 깨물어 안 아픈 데가 없다'고 했듯이, 내 몸의 모든 곳이 다 소중한 곳이었는데 그걸 잊고 살았다. 실제로 발가락 열 개 중 하나라도 제 기능을 못하게 되면 동작을 완벽하게 수행할 수 없다. 운다 체어에서 하는 동작 중 '풀 런지 Full Lunge '는 발가락 10개가 모두 제 기능을 해야 하고 허벅지 앞면과 뒷면, 둔근들이 순서에 맞추어 제때 힘을 써주어야 가능한 동작이다.

> "관심을 두지 않은 자식들이 속 썩이듯,
> 내 몸들도 그래요. 관심을 안 두고 방치하면 언젠
> 가는 나를 고생시키거든요"

필라테스를 하며 만난 소중한 인연인 필라테스 스승이 해준 말이다. 이 말이 딱 맞다. 바쁘게 살면서 잊어버리고 소홀히 해 온 내 몸 구석구석을 필라테스를 통해서 찾게 되고 다시 사랑을 주기 위해 애쓰고 있다. 실기시험을 위해 매일 6시간씩 주 5일 수련하며 거울에 비추어진 나를 바라보며 나를 아끼고 사랑하는 마음을 갖게 되었다. 왜 그동안 알아차리지 못했을까? 전신 거울에 비친 내 모습이 사랑스럽다.

필라테스를 경험한 많은 이들이 공통적으로 하는 말이 있다. 이 운동을 하면서 '나와 나의 몸에 대한 진심 어린 애정과 관심이 생겼다'라는 깨달음이다. 필라테스는 오랫동안 돌보지 않은 자신과 자신의 몸에 관심을 갖게 하고, 점차 자신에 대하여 긍정적인 감정을 채우면서 스스로가 꽤 괜찮은 사람으로 느껴지게 돕는다. 나에 대하여 인지하고 그래서 관심을 갖고 유심히 관찰하게 되면 애정을 가지게 되는 것이다.

그래서, 나는 감히 '필라테스는 나를 사랑하게 되는 입문 과정'이라고 말하고 싶다.

● 풀 런지 Full Lunge

관련 기구: 운다 체어

하체 근력 강화 운동 중 하나인 런지lunge 동작을 운다 체어라
는 필라테스 기구에서 하는 것이다. 둔근엉덩이근육은 물론 허벅
지 앞면 근육인 대퇴사두근. 발가락을 포함한 발바닥 전체의
힘과 균형을 이용하는 고난도 동작이다.

Ch10.

큐잉과 핸즈-온

필라테스를 할 때 동작에 관련해서 하는 말을 '큐잉 Cueing'이라고 부른다. 그런데, 필라테스를 경험해 본 사람들 중에는 큐잉을 이해하기 어렵다고 하는 경우가 많다. 예를 들면,

"(누운 자세에서) 배꼽을 등뒤로 붙이듯 바닥으로 내리고",

"갈비뼈는 아래로 끌어내리고"

"아래 복부는 위로 끌어올리고",

"등과 어깨는 아래로 끌어내리고,

귀와 어깨는 멀게",

"척추 마디마디를 하나하나 바닥에 닿도록"

등이 있다.

나도 처음에는 큐잉이 매우 낯설었다. '배꼽을 등뒤로 붙이듯'라는 큐잉을 처음 들었을 때, 이해하기도 어려웠지만 표현 자체가 황당하기만 했다. 아무리 애를 써도 배꼽을 등뒤로 붙이는 느낌을 찾기가 어려웠다. 복근 자체를 자의로 움직일 수 없었기 때문이다. 차츰 연습의 횟수가 거듭되면서 근육들의 움직임을 찾고 내 몸을 자의적으로 움직일 수 있는 단계가 된 후 '아, 이런 느낌이 배꼽을 등 쪽으로 밀어붙이는 것이구나' 하는 순간을 접했다.

영어로 '큐cue'는 '시작의 신호를 주다'라는 뜻이다. 사전적인 의미의 큐잉은 누군가에게 어떠한 말이나 행동을 일으키기 위해 지시하는 말이나 행동이다. 필라테스에서는 해부학적인 움직임을 쉽게 풀어내 회원들이 동작을 잘 이해하고 실행하도록 유도하는 방법을 의미한다.

필라테스 동작들은 다양한 조직과 근육들이 동시에 사

용되기도 하고 운동목적을 달성시키기 위해서는 순차적으로 조직과 근육의 움직임을 만들어 내야 한다. 한마디로 몸을 쓰는 법과 순서를 알려주는 것이 큐잉이다. 그래서 큐잉이 중요하다. 강사가 어떻게 표현하고 지시하느냐에 따라 회원들의 습득 능력과 운동 효과도 차이가 생긴다.

예를 들면, '골반 말아 올라가기 펠빅 컬, pelvic curl'라는 동작은 등을 바닥에 대고 준비 자세를 취할 때 "배꼽을 등 뒤로 붙여내듯 바닥으로 밀며"라는 표현을 사용한다. 이는 아랫배를 위 심장 방향와 바닥 등 방향으로 힘을 주어 배를 납짝하게 밀어 그 힘으로 아래 허리가 바닥에 닿는 느낌을 찾는 것이다. 아래 허리가 바닥에 닿아 엉덩이가 살짝 들리면 '꼬리뼈부터 척추 마디를 하나하나 바닥에서 떼어내듯' 말아 올라가는 동작이 펠빅 컬 pelvic curl 이다. 그런데, 이를 해부학적 차원에서 전문용어를 쓰거나, 미사어구가 많거나, 너무 강한 비유적인 표현을 하게 되면 이해가 어렵다.

"아래 허리 꼿꼿이 세우고", "정수리는 천장을 향해 길게 뻗어내고 꼬리뼈는 바닥에 꾸욱 눌러내며 아래 허리 길게"라는 큐잉은 앉은 자세에서 배에 힘을 주고 아래 허리부터 반듯하게 몸을 세워 앉는 자세를 취할 때 사용한다. 많은 사람들이 두 다리를 뻗은 상태에서 앉은 자세를 할 때 허리를 잘 펴지 못하고 구부정한 자세를 취한다. 허벅지 뒷면이 타이트하다보니 다리를 길게 뻗어 앉은 자세를 할 경우, 아래 허리가 주저앉아 세우지 못하는 경우가 많고 구부정한 상태로 앉게 된다. 이때 양쪽 좌골에 중심을 잡고 꼬리뼈부터 힘을 주어 그 부위부터 정렬을 맞추어 아래 허리를 반듯하고 길게 세운 다음 정수리를 천장 향해 뻗는 느낌을 만들면 척추가 바로 서게 된다.

이처럼 큐잉은 말로써 뇌를 자극하여 동작을 이미지화한 후 몸의 움직임을 준비시킨다. 필라테스 호흡 시 풍선의 부풀림에 비유하면 그것을 상상하며 자신의 복부를 풍선과 같이 작동시킨다.

"풍선을 부풀리듯 복부의 위아래 옆으로 공기 가득 채우듯 마시고"

"풍선에서 바람이 빠져나가듯 복부를 사방으로 쪼그라뜨리듯 내쉬고" 이렇게 표현한다.

사실 큐잉은 말로 지시하는 큐잉과 신체를 직접 터치 touch 하는 촉각적인 큐잉으로 나뉜다. 이때 몸에 손을 대서 하는 큐잉을 '핸즈-온 hands-on '이라고 부른다. 예를 들어, "갈비뼈 닫아내고"라는 표현을 할 때 많은 회원들은 그 의미를 잘 모르거나 스스로 갈비뼈를 닫아내지도 못한다. 이때 강사는 회원의 양쪽 갈비뼈에 손을 얹어 서서히 닫을 수 있도록 위에서 아래로 내려준다. 또한, '등을 아래로 끌어내리고'라는 지시를 할 때 두 손으로 회원의 날개뼈 혹은 광배근에 손을 대고 움직임을 만들도록 유도한다.

말로만 지시하는 큐잉과 함께 핸즈-온을 해주면 회원은 표적 근육을 제대로 사용하거나 원하는 움직임을 쉽게 만들어 낼 수 있다. 특히, 필라테스 경험이 많지 않은 신규 회원은 핸즈-온을 많이 하게 된다. "회원님! 잠시 터치할께요"라고 안내한 뒤 핸즈-온을 하면서 사용하고자 하는 근육이 어느 부위인지를, 그리고 사용되는 근육을 순서별로 명확하게 인지하도록 도와준다.

간혹 신체 접촉을 꺼리는 회원도 있어 핸즈-온을 할 때는 언제나 양해를 잘 구하고 최소한으로 하려고 노력한다. 핸즈-온은 신체의 특정 부위의 쓰임과 순서를 알려주는 중요한 역할을 하고 있기 때문에 필라테스를 처음 접하는 신규회원들은 가능한 1:1 개인수업을 통해 이를 경험하는 것이 필요하다. 동작에 수반되는 근육의 쓰임과 순서, 활용방법 등을 개인 수업을 통해 숙지한 후, 보통은 10여회 1:1 개인수업을 받은 후 그룹 필라테스를 하는 것이 바람직하다.

큐잉과 핸즈-온을 통해 동작의 본질적인 핵심을 회원이 상상하기 쉬운 이미지나 표현으로 알려주고자 많은 강사들이 노력 중이다. 끊임없이 수련하며 직접 몸으로 느껴지는 현상들을 보다 쉽고 명확하게 표현하기 위해 고민도 많이 하고 서로 좋은 표현은 빌려 사용하기도 한다.

하지만, 스스로 몸으로 터득하지 못한 것은 언어적 큐잉이나 핸즈-온으로 전달하기에는 한계가 있다. 그러므로, 강사들은 쉬지 않고 많은 동작들을 연습해야 한다. 몸의 움직임을 보다 쉽게 진행하도록 도와주고 동작이 가지는 목적이 무엇인지를 회원들이 직접 느끼며 익히도록 하는 큐잉과 핸즈-온은 다른 운동들과 차별화되는 필라테스의 또 하나의 강점이기 때문이다.

➔ 펠빅 컬 Pelvic Curl

관련 기구: 매트

조셉 필라테스는 척추 유연성을 가장 중요하게 생각했다. 펠빅 컬은 척추 유연성을 강화할 수 있는 필라테스 운동법의 기본동작으로 호흡과 척추 분절, 복근과 햄스트링 강화에 유익하다.

A man is as young as his spinal column.
You are only as young as your spine is flexible.

척추의 유연성으로 신체 나이를 가늠해볼 수 있다.
척추가 유연하다면 그만큼 젊은 것이다.

by Joseph Pilates

해부 없는 해부학

해부학 필기시험을 위해 다양한 방법으로 암기를 시도했었다.

"아침은 7시에 먹어서, 경추는 7개의 마디로"

"점심은 12시, 흉추는 12개"

"저녁은 5시, 요추는 5개"

필라테스는 몸을 다루는 운동이다. 더구나, 역사적으로도 부상으로 인해 치료가 필요했던 전쟁군인을 비롯해서 운동선수, 무용수 등을 대상으로 시작된 재활 개념의 운동이다. 그래서, 필라테스 운동지도자라면 '반드시 해부학적 지식이 완벽해야 한다'라고 감히 주장하고 싶다. 더구나, 조셉 필라테스는 해부학을 바탕으로 이 운동법을 개발하였고, 우리는 지금 이 운동법을 '필라테스'라 부르는 것이다.

현대인들은 신체 고유의 움직임을 잃어가며 살아간다. 몸의 기능도 잃어가고 관절의 가동범위도 서서히 작아지고 있지만 이를 인지하지 못한 채 생활하고 있다. 처음 필라테스를 접한 후, 엄지발가락을 내 의지대로 움직일 수 없다는 것을 알게 되었다. 기능을 잃은 엄지발가락은 결국 무릎과 고관절에 무리한 영향을 주었고 결국에는 통증을 유발한 것으로 추측이 된다. 이렇듯 신체의 움직임과 신체 부위 간의 관계에 대한 이해가 필라테스 지도자에게는 필요하기 때문에 해부학은 필수과목이다.

많은 사람들은 과도하게 관절을 늘여 스트레칭하는 것을 선호한다. 관절의 가동범위를 최대 범위로 늘이려고 무리하는 경우도 많다. 그런데, 근육이 늘어날 수 있는 범위는 한정이 되어 있어, 무리하게 근육을 늘리게 되면 근육 주변의 인대나 힘줄이 늘어나는 부작용이 발생한다. 이때 늘어난 인대나 힘줄은 다시 원상태의 길이로 복구되지 않는다. 더구나 인대나 힘줄, 관절낭이 손상되어 염증이 생기면 그 통증으로 인해 치료 과정에서 관절의 가동범위가 줄게 되는 악순환이 생긴다.

그래서 필라테스 강사에게는 신체의 골격구조, 근육이 움직이는 방향과 적정한 가동범위에 대한 이해가 중요하다. 이에 대한 책임감을 갖고 개개인에 맞는 동작을 정확하게 실행하기 위해 해부학 공부는 강사가 된 이후에도 끊임없이 지속된다.

강사 자격증을 취득하려면 필기와 실기 시험을 치러야 하는데, 필기시험은 필라테스 이론과 해부학으로 나뉜다. 필라테스 동작의 움직임을 관찰하고 이해하려면 해부학은 필수과목이다. 그래서 해부학 용어에 익숙해져야 하고 완벽하게 숙지해야 했다.

지금껏 살아오면서 몸에 대한 명칭으로는 '팔, 다리, 머리, 무릎, 가슴, 배' 이렇게만 알고 있었다. 그런데, 팔은 '상완과 하완'으로, 다리는 '대퇴와 하퇴' 등으로 구분하며 낯선 용어들과의 싸움으로 해부학 공부를 시작했다. 한 개의 근육 명칭도 한글, 한문, 영문까지 3가지 표현으로 외워야 하는 어려움도 있었다. 그리고 골격계에 붙은 근육명 외에도 근육들이 어디서 시작하여 어디로 붙는지, 어떤 방향으로 움직이고 무슨 기능을 하는지도 학습해야 했다.

예를들어, 최근 주목을 많이 받는 근육 중 하나인 '승모근'은 한자명은 '僧帽筋'이다. 한글명은 '등세모근'이며, 영어로는 '트라피지어스Trapezius'이다. 이 승모근은 상부, 중부, 하부 3가지로 나뉘는데, 각각의 기능이 다르다. 승모근 상부는 날개뼈를 위로 올리는 기능을, 중부는 날개뼈를 조여주는 기능을, 하부는 날개뼈를 아래로 끌어내리는 기능을 한다.

보통 거북목이나 어깨통증 문제는 상부 승모근이 중부나 하부승모근과 균형을 잡지 못하고 어깨에서 위로 강하게 작용을 하면서 발생한다. 중부 승모근이 약해서 날개뼈끼리 조이는 기능이 퇴화되면 어깨가 앞으로 말리는 라운드 숄더 round shoulder 가 된다. 이러한 근육 간의 관계와 작용을 이해하고 동작을 구현해야 운동의 효과를 높이는 것은 물론 부상을 방지할 수 있기 때문에 '필라테스는 해부학이다'라고 감히 주장할 수 있겠다.

　현재까지 2021년 기준 이름이 붙여진 기준으로만 보아도 근육의 개수는 639개이다. 명칭은 물론 그 기능과 작용방향 등을 이해를 하고 암기하기에는 너무도 많은 수다. 또한 해부학지식이 사람에 따라 일괄적으로 적용되는 것이 아니기 때문에 강사에게는 다양한 경험과 축적된 노하우가 필요하다. 앞으로도 끊임없이 배우고 익힐 수 있는 것들이 많은 것에 오히려 감사하며 오늘도 나는 필라테스 강사로 일하러 간다.

결론은. 필라테스

➜ 쉬러그 Shrug

관련 기구: 운다 체어

하부 승모근을 사용해 상승된 날개뼈를 밑으로 끌어내리는 동작이다. 상부 승모근이 하부 승모근보다 강하게 발달하면 어깨가 무겁거나 둥글게 굽게 된다. 이런 분들에게 권하는 동작이다.

기구 덕을 보는 운동

"요가와 필라테스는 뭐가 달라요?" 많은 사람들이 요가와 필라테스의 차이를 묻는다. 나는 그들에게 한마디로 답을 준다. "필라테스는 기구 운동이고 요가는 매트운동이에요" 하고.

그 한마디 외에 좀더 자세한 설명을 덧붙일 때도 있다. "요가는 수련에 가깝고, 필라테스는 운동에 가까워요", "그리고, 어려운 동작을 해야 할 경우, 요가는 처음부터 그 동작을 도전해서 반복적인 실패와 시행착오를 딛고 어려운 동작을 해내는 반면, 필라테스는 어려운 동작에 필요한 근육들을 하나하나 발달시키는 동작들을 마스터한 후, 그 근육들을 한 번에 사용하여 동작을 구현하는 단계로 이동하죠" 등이다. 요가와 필라테스의 차이점을 극히 나의 주관적인 의견으로 알려준다.

필라테스는 난이도가 높은 동작을 하기 위해 단계별로 접근을 하되 이때 기구를 이용한다. 그래서, 나는 요가와 필라테스의 차이 중 하나를 '기구 운동'으로 말한다.

예를 들어, 요가의 '어깨서기 shoulder stand'와 필라테스의 '잭나이프 Jack Knife'는 보기에 많이 유사하다. 등을 대고 바닥에 반듯이 누운 후 머리 뒤로 두 다리를 넘긴 다음 복부의 힘으로 두 다리를 천장으로 향해 뻗어내는 동작이다. 이때 요가에서는 두 손으로 허리를 받친다. 반면, 필라테스에서는 두 팔을 바닥에 눌러내고 있기 때문에 천장으로 뻗은 두 다리를 버티려면 허벅지 앞면과 뒷면은 물론 아래 허리와 복부도 강하게 힘을 주고 그 근육들간의 균형을 이루어 내야 동작의 흔들림을 막을 수 있다.

필라테스에서는 이 동작을 처음부터 매트에서 진행하지 않는다. 무작정 무한반복 실패를 통해 구현하기에는 부상의 위험도 크다. 그래서 기구들의 도움을 받는다. 리포머 reformer 에서는 '롱스파인 Long Spine ', 캐딜락 Cadillac 에서는 '타워 Tower ', 운다 체어 Wunda chair 에서는 '잭나이프 Jack Knife, 매트에서의 동작명과 동일'라고 불리는 동작들이 매트에서 잭나이프를 하기 위한 선행 동작들이다.

리포머에서는 두 발에 스트랩을 껴서 스프링의 탄성으로 두 다리를 천장을 향해 뻗어내는 힘과 동작을 유지할 수 있는 힘을 도움받는다. 운다 체어에서 하는 잭나이프는 이보다 더 어려운데, 등을 바닥에 대고 두 다리를 사선을 뻗어낸 후 머리 뒤로 살짝 넘겨 체어 상판에 살짝 두 발을 터치한 후, 복근을 이용해 위로 뻗어 낸다. 이때 두 팔로 체어의 페달을 잡고 있어 매트에서보다는 수월하다. 이렇듯 필라테스는 기구 운동이다.

물론 창시자인 조셉 필라테스는 그의 책《컨트롤로지를 통한 삶의 회복》에서 34가지의 오리지널 동작들을 소개하고 있는데 모두 매트 동작이다. 그래서 책을 기준으로 본다면 '필라테스는 원래 기구 없이 집에서 하는 운동'이라고 생각하기 쉽다. 하지만, 조셉 필라테스는 몸이 불편했던 환자들에게도 자신이 개발한 운동을 적용하기 위해 기구들을 개발했고, 이는 필라테스라는 운동이 다양한 사람들에게 쉽게 확산되는 역할을 했다.

앞에서도 언급했듯이 매트동작은 기구의 도움을 받아 하는 것보다 어렵고 구현하기까지 오래 걸린다. 이러한 어려움을 기구를 통해 쉽게 접근할 수 있도록 도와주었다. 또한 기구는 개개인의 다양한 신체여건에 따라 조절이 가능하게 만들어졌기 때문에 필라테스가 남녀노소 모두가 쉽게 즐길 수 있는 운동이 될 수 있었다.

조셉 필라테스가 최초로 만든 기구는 캐딜락Cadillac이다. 현재 이용하는 기구 중 가장 크고 비싸다. 침대 형태의 기구로 리포머와 달리 매트가 고정되어 있어 보다 안정적으로 운동할 수 있다. 오랜 시간 침대에 누워 있는 환자들의 재활운동을 위해 조셉 필라테스가 고안했다고 한다. 그래서, 캐딜락은 디스크 등 척추질환 환자들이나 신체 불균형으로 불편한 회원들에게 많이 적용한다.

　필라테스에서 캐딜락은 매력적이다. 다양하고 멋진 동작들이 구현될 수 있어 필라테스 광고 시 캐딜락에서의 동작들을 주로 사용한다. 그런데, 워낙 고가이고 크기가 큰 기구라서 여러 대를 비치한 스튜디오가 많지 않다. 그룹 수업으로는 맛보기 어려운 기구 운동이다. 1:1 수업을 통해 캐딜락에서만 즐길 수 있는 필라테스 동작의 진정한 맛을 느껴 보면 좋을 듯하다.

반면, 리포머Reformer 는 필라테스 기구의 대명사라 할 수 있다. 5개의 스프링이 연결되어 있어 다양한 스프링의 저항을 구현하여 코어 강화나 근력발달, 자세 교정 등에 좋다. 더구나 코어를 중심으로 팔과 다리, 전신 근육을 사용하는 재활운동에도 최적화되어 있다

운다 체어Wunda Chair 는 페달이 달린 의자 형태의 기구다. 손이나 발로 페달을 밀어내며 근력을 강화시키는 기구인데 하체 근력을 발달시키는 데 최적이다. 또한 난이

도가 높거나 강한 운동을 하고자 할 때는 운다 체어를 많이 이용한다. 운동 강도가 센 편이라 남성들이 선호한다.

말 안장과 같이 생긴 바렐Barrel과 사다리 모양이 결합된 레더 배럴Ladder barrel은 유연성을 강화하는 데 효과적이다. 사다리나 배럴에 다리나 팔을 올려 다양한 동작을 수행할 수 있고 스트레칭 할 때 가장 많이 이용한다. 다른 기구와 달리 스프링의 저항을 사용하지 않고 사용자의 몸으로 모든 자세를 유지해야 되기 때문에 근지구력 강화에 도움이 된다.

가격도 저렴하고 크기도 작아 집에서도 많이 사용되는 필라테스 기구인 스파인 코렉터spine corrector는 코어 강화와 척추의 움직임을 원활히 하는 데 도움이 된다. 아크Arc 모양으로 생겨 척추를 대고 누워 등과 가슴 근육을 스트레칭하기에 적합하다.

　전통 필라테스가 아닌 현대 혹은 모던 필라테스에서는 그외에도 코어얼라인CoreAlign, 각종 소도구 등을 활용한 동작들이 많이 개발되고 있는 추세이다.

❸ 롱 스파인 Long spine

관련 기구: 리포머

척추 분절은 물론 강한 복근과 고관절 신전근, 균형감이 있어야 가능한 고난도 동작이다. 복근 강화는 물론 척추의 분절을 통해 유연한 척추 움직임과 가동성을 계속 만들어 내고 유지할 수 있게 된다.

Ch13.
레깅스와 브라톱을 입는 운동

"선생님! 꼭 몸에 달라붙는 운동복을 입어야 하나요? 레깅스나 브라톱 같은 거요." 하고들 많이 묻는다. 그때마다 나는 망설임 없이 "네!"라고 답변한다.

노화로 인해 조금씩 'O'자 형 다리로 변해감에도 불구하고 나는 레깅스를 입는다. 브라톱을 입고 등이 파인 상의를 입는 것이 때로는 민망하기도 하고 불편하기도 하지만 수업이 있을 때면 가능한 한 그렇게 입으려고 한다.

좀더 용기가 있다면 외국의 시니어 강사들처럼 레깅스에 브라톱만 걸치고 수업을 할 텐데 아직까지는 마음만 있을 뿐이다. 나이 들면서 탄력이 떨어진 피부를 그대로 들어내는 것도 부끄럽고 젊고 예쁜 강사들처럼 멋진 몸매가 아니다 보니, 신체를 많이 드러내는 듯한 복장은 사실 부담스럽다.

하지만 필라테스를 하는 회원들에게는 가능한 몸에 딱 달라붙는 복장을 권한다. 왜냐하면, 몸에 밀착된 복장은 동작을 하면서 변화하는 근육과 골격들의 움직임을 유심히 관찰하기가 쉽다.

한가지 예로, 호흡 운동 시 들숨과 날숨을 반복하는 동안 갈비뼈의 상하 움직임과 좌우 앞뒤로 팽창되는 모습을 적나라하게 엿볼 수 있다. 통통한 몸매가 부끄러워서 평평한 '롱티셔츠'를 입으면 동작을 따라 하는 미세한 움직임을 눈으로 관찰하기가 어렵다. 이때는 어쩔 수 없이 강사가 손을 대서 신체의 움직임을 느껴야 한다.

반면, 브라톱만을 걸친 경우에는 갈비뼈의 상하 움직임, 날개뼈의 조임과 벌임 등도 아주 쉽게 관찰이 되기 때문에 동작을 하면서 정확성을 더 기할 수 있다.

또한, 몸에 밀착된 운동복은 '신체에 대한 객관적인 관찰'을 가능케 한다. 필라테스 스튜디오 벽면은 통거울인 경우가 많기 때문에 자신의 모습을 바로 직시할 수 있다. '어느 부위에 살이 많은지', '엉덩이 라인이 사라지고 있는지', '몸의 좌우 균형은 얼마나 깨졌는지' 등 바로 인지가 가능하다. 조금 더 자세하게 자신의 몸을 관찰하면 몸에 분포된 셀룰라이트도 발견하게 되고 운동의 필요성을 절실하게 느끼게 해준다.

자신의 신체에 대한 인지awareness가 된 후, 주 2회 이상, 12주 연속해서 필라테스를 하게 되면 자신의 신체 변화를 확연히 알 수 있다. 서로 달라붙은 양 허벅지 안쪽에 공간이 생기기 시작하고 브라톱 사이로 삐져나온 살들도 빠지면서 탄력이 생겨 날씬하게 보이는 시각적 효과를 거울을 통해 볼 수 있다. 엉덩이와 뒤쪽 허벅지 사이에도 경계가 뚜렷해지면서 힙 업hip-up 된 모양도 레깅스를 입을 경우 보다 쉽게 관찰할 수 있다.

내 몸에 대한 '현타_{현실자각타임}'를 갖거나 운동 전후의
체형변화를 시각적으로 확인하려면 몸에 밀착된 복장이
필요하다. 그리고 다양한 동작들을 하면서 근육의 미세한
움직임까지 보고 느끼고 이를 강사가 쉽게 인지하여 운
동의 효과를 배가하려면 브라톱과 레깅스 같은 필라테스
복장이 큰 역할을 한다.

다이어트를 위해 필라테스 스튜디오를 찾는 사람들이
많다. 하지만, 필라테스는 단순히 살을 빼는, 체중을 줄이
는 운동이 아니다. 오히려, 필라테스를 하다 보면 근육 증
가로 인해 체중이 제자리이거나 느는 경우가 많다. 하지
만, 바른 정렬과 균형을 위해 필라테스를 하는 횟수를 늘
리다 보면 어느덧 이상적인 체형으로 변화되어 있다.

다이어트를 목표로 방문하는 회원이 있으면 그때마다
나는 말한다. "필라테스만으로는 살을 빼기 어려워요, 유

산소 운동은 별도로 하셔야 해요"라고. 반면, 운동 전과 후에 대한 변화를 온전히 시각적으로 느낄 수 있도록 레깅스와 몸에 딱 달라붙는 브라톱이나 크롭탑, 숏슬리브를 입도록 운동하는 내내 권유한다. 다음과 같은 조셉 필라테스의 말을 전하면서.

In 10 sessions you will feel the difference, in 20 you will see the difference, and in 30 you'll have a whole new body.

필라테스를 10번 하고 나면 스스로 변화를 느낄 것이고,
20번 하고 나면 타인이 그 변화를 느낄 것이며,
30번 하고 나면 완전히 달라진 몸을 얻을 수 있을 것이다.

by Joseph Pilates

➔ 힙 워크 Hip work

관련 기구: 리포머

고관절의 자연스러운 움직임을 만들어 내고 고관절 내전근의
힘을 강화하는 운동이다. 앉아서 생활하는 시간이 많은 현대
인들에게는 고관절 분리 hip disassociation 운동이 필요하다. 동작
전 준비부터 동작을 진행하는 내내 골반 중립을 유지해야 하
므로 코어 강화에도 도움이 된다.

Ch14.

호흡이 반(半)

"코로 마시며 갈비뼈를 위로, 옆으로, 풍선이 사
방으로 부풀어지듯 복부를 팽창시키세요"
"입으로 내쉬며 아래 배꼽까지 쥐어짜듯 숨을 밖
으로 내뱉고, 코르셋 사이즈 두 단계 더 작아지듯
쪼이세요",
"배꼽을 등뒤에 붙이는 느낌으로 복부를 납작하게
호흡을 내쉬세요"

필라테스를 해 본 사람들이라면 매우 익숙한 큐잉일 것
이다. 하지만, 실제로 필라테스 호흡은 말처럼 쉽지가 않
다. 필라테스를 하다가 중단한 사람들 중에는 '필라테스
를 배우러 갔는데, 호흡만 시켜' 또는 '호흡이 너무 어려

워서 운동이 힘들어'라고 말하는 경우가 많다. 하지만, 조셉 필라테스가 말했듯 필라테스를 하려면 '올바르게 호흡하는 법을 배워야' 한다. 그는 '삶의 첫 행위와 마지막 행위가 호흡'이라고 강조할 만큼 필라테스 호흡을 매우 중요시했다. 그래서 필라테스 전문가라면 누구든 '호흡'을 필라테스의 기본 원리 중 하나로 중요하게 생각한다.

필라테스의 다양한 동작을 하기 위해서는 우선적으로 바로 세워야 하는 곳이 '파워하우스 power house', 즉 신체의 중심부인데, 호흡은 '파워하우스의 연료' 역할을 하기 때문이다. 그러므로 필라테스를 처음 시작하는 사람들에게는 정확한 호흡법부터 자세하게 안내하며 이에 익숙해지도록 훈련을 시켜야 한다. 하지만, 이는 인내忍耐 의 시간과 같다.

필라테스 호흡은 '횡경막, 즉 배와 가슴 사이를 분리하는 근육'을 이용하는 흉식 호흡이다. 물론, 횡경막은 우리가 자의적으로 움직일 수 있는 근육은 아니다. 하지만, 호흡을 통해 그 근육을 활성화시킬 수 있다. 숨을 들이마시면 갈비뼈는 위로 그리고 옆으로 팽창하듯 부풀려지는 반면 횡경막은 아래로 내려가며 복부 내부는 공기가 가득 차게 된다. 숨을 내쉴 때는 들이마실 때보다 1.5배에서 2배로 길게, 그리고 천천히 뱉어내면 횡경막은 위로 올라가고, 갈비뼈는 아래로 내려가면서 배꼽 주변의 복부근육들이 최대한 납작하게 조여진다.

호흡은 필라테스 운동 목표 중 가장 으뜸인 '코어Core 강화'에 최고다. 들숨으로 배 안에 가득 찬 공기는 복부와 골반 근육, 허리와 척추들을 단단하게 만들어 준다. 또한 척추를 밀어내면서 강하게 잡아주며 척추 마디마디가 늘어나 키가 커지는 느낌을 준다. 마치 '가슴과 뱃속을 스트레칭' 하는 느낌이다. 반대로, 강한 날숨을 할 때는 '약간의 소변 참는 느낌'으로 아래쪽 근육골반저근육을 위로 당기며 배꼽을 등에 붙이듯이 힘을 준다. 그러면 배꼽 주변으로 모든 기운이 몰려 복부 안쪽 깊은 근육이 강화된다.

호흡훈련이 잘되면 복근을 자유자재로 본인의 의지로 움직일 수 있다. 나이가 들거나 배에 살이 찌기 시작하면 내 의지로 배를 안으로 당기는 힘을 잃어버린다. 이렇게 자유의지에 따른 복근 조절 능력이 떨어지면 허리통증이 생긴다. 그래서, 허리통증이 있거나 웨이트 트레이닝이 어려운 중노년층과 임산부들은 주로 필라테스 호흡을 통해 복근과 코어를 강화시킨다.

필라테스 호흡을 천천히, 그리고 최대로 느리게 반복하다 보면 온몸과 마음이 이완되는 힐링도 느낄 수 있다. 고요함을 느끼고 답답했던 것들이 '뻥' 터지듯 편안해진다. 횡경막을 충분히 하강시킬 수 있을 정도로 제대로 된 호흡을 한다면 마치 신경안정제와 같은 효능을 보는 것이다.

사람들은 화가 나고 불안해지면 호흡이 거칠고 짧아진다. 어깨를 들어 올리거나 가슴을 앞으로 크게 부풀리며 목과 어깨를 긴장시킨다. 더구나 나이 들면서는 호흡의 중심점이 점점 위로 올라가 중노년이 되면 점점 어깨를 들썩이며 숨을 쉬는 경향이 많다. 이때 필라테스 호흡과 같은 부드럽고 긴 호흡으로 바꾼다면 마음을 편안하게 하며 안정을 찾을 수 있다. 실제로 필라테스 호흡을 통해 숨을 들이마시면 횡경막이 아래로 하강하면서 가슴부위에 공간이 생기는데, 이는 혈액들이 원활하게 잘 이동하게 돕는다. 이렇게 혈액순환 펌프가 잘 작동되면 열량 소비도 늘려 운동의 효과도 배가시킬 수 있다.

필라테스가 좋은 또 하나의 이유는 모든 동작마다 '호흡'이 동반된다는 점이다. 이는 운동하는 내내 코어를 강화시켜 줄 뿐 아니라 몸의 이완이나 스트레칭의 효과를 높여 심신을 안정시키는 데 큰 역할을 한다.

Above all, learn to breathe correctly.
Breathing is the first act of life, and the last.

어느 무엇보다도 호흡을 바르게 하는 법을 배워야 한다.
호흡은 삶의 시작이나, 마지막의 행위이기도 하다.

by Joseph Pilates

집중과 몰입[5]

"괜찮으세요? 회원님!"

"네. 무아지경 無我之境 이에요."

수업 시간 후반 정도에는 조금 어려운, 도전적인 동작들을 프로그램 시퀀스에 넣는다. 신체 부위의 모든 근육들을 하나하나 깨워낸 후, 운동 막바지에 '풀 바디 Full Body Integration, 통합'라는 동작을 할 즈음 회원들은 애를 쓰며 온갖 힘을 쏟아붓는다. 그리고는 무아지경이라는 표현을 쓴다.

필라테스 강사의 안내와 큐잉에 따라 자신의 움직임과

---

5. 필라테스는 수행 중인 동작을 이해하고 머릿속으로 그리며 부상에 주의를 기울이도록 설계되어 있다. 호흡과 리듬에 맞추어 운동을 하는 순간 고도의 집중력을 쓰기 때문에 집중력향상이 연습되고 정신력도 강화된다.

신체 정렬에 집중集中 하다 보면 몰입의 끝인 '무아지경'에 도달할 수 있다. 그래서 50여 분의 수업을 마친 후 많은 이들의 반응은 "감사합니다~"였다.

나 자신도 회원으로서 레슨을 받고 나면 저절로 튀어나오는 말이 "감사합니다~ 수고하셨습니다"였다. 이는 진심으로 감사의 마음이 담긴 말이다. 50여 분 동안 건강하고 선한 방향으로 이끌어 준 것에 대한 감사의 표시다. 나 자신도 그걸 알기에 수업을 마친 후 회원들이 해주는 감사의 표현은 일을 이어가는 큰 힘이 된다.

필라테스를 할 때는 '몸과 마음이 연결되는 느낌', '일종의 명상 상태에 닿는 느낌'을 경험하게 된다. 또한 동작을 수행하면서 점차 스스로에게 집중하는 시간을 가지며 정서적으로 안정되는 것을 느낀다. 수행 중인 동작을 머릿속으로 그려내며 모든 신체가 연결되어 있듯 끊임없는 움직임의 흐름을 찾다 보면 세상만사 모든 시름이 사라지는 듯하다. 어느 순간에는 마음과 몸이 하나가 되어 다음 단계를 생각하는 겨를도 없이 몸이 스스로 동작을 구현하고 있음을 알게 된다.

필라테스 용어인 '흐름 Flow'을 타기 시작하면 이러한 몰입이 가능해진다. 즉, 그러한 집중을 통해 결국 '몰입 Flow'에 도달할 수 있다. 그런데, 이러한 흐름을 타려면 지속적인 연습을 통해 동작의 움직임을 깊이 이해하고 근육의 활성화 타이밍을 정확히 알아야 한다.

미국의 심리학자, 미하이 칙센트미하이 Mihaly Csikszentmihalyi 는 '플로우 Flow'를 '몰입[6]'으로 표현한다. '몰입 Flow'은 '어떠한 활동과정에서 열정적으로 집중하는 순간'이고 '무아지경 상태 ecstatic state', 즉 보통의 일상적인 일과는 전혀 다른 일을 하는 듯이 느끼는 정신상태다. 미하이의 책에도 나왔듯이, 연주가가 '손이 저절로 움직이는 느낌', 소설가가 '글이 저절로 써지는 느낌'이 몰입이다.

6. 영어 '플로우(Flow)'는 필라테스 분야에서는 '흐름'으로 해석하고 있는 반면, 심리학에서는 '몰입'으로 해석하고 있음.

'무아지경에 빠진다'는 것은 완전히 몰입하고, 일상에서 벗어난 느낌이다. 몰입을 하면 시간 감각이 없어지고 자기 자신을 잊어버리며 커다란 무언가의 일부가 된 느낌을 받으며 자신감을 찾고 용기를 갖게 한다. 걱정거리가 있으면 말끔히 지워낼 수 있다. 정신이 맑아진다. 그러므로, 필라테스는 집중과 몰입을 통해 정신적 건강까지도 추구할 수 있는 운동이다.

필라테스를 가르치다 보면 많이들 공통적으로 하는 말이 있다 "별거 아닌 거 같은데, 너무 힘드네요"라고. 필라테스는 피트니스의 대근육 운동처럼 어느 순간 힘을 강하게 그리고 빠르게 뻗어내는 운동이 아니다. 하지만 힘들다. 왜냐하면, 필라테스는 불필요한 긴장감 없이 효율적인 움직임을 만들기 위해 처음부터 끝까지 '힘의 균형'을 잡아야 하기 때문이다. 그리고 그러한 힘의 균형을 끊임없이 찾고 유지하는 순간에 몰입을 경험하게 된다.

'힘의 균형'을 잡으려면 '조절 control'을 잘해야 한다. 수업을 하다 보면 "조절해서 들어오세요!", "조절하는 힘으로"라고 큐잉 cueing 을 많이 한다. 필라테스는 스프링의 힘에 저항하여 조절하는 힘으로 근력을 키우는 것이다. 젖 먹던 힘까지 다 써가며 기구를 밀어내는 힘보다 기구에 맞서며 서서히 당겨오며 조절하는 움직임에서 더 많은 그리고 작고 깊숙이 숨겨진 근력들을 키울 수 있다. 집중과 몰입이 필요한 순간들이다.

또한, 필라테스 동작 기술이 향상되면 이러한 조절능력은 보다 정교해진다. 그래서 자신의 신체와 움직임을 조절하는 수준이 높아지면 몸의 정렬도 정확해지고 조화와 균형이 개선된다. 그리고, 몸의 쓰임에 있어 덜 힘들고 과도한 근육의 긴장도 피할 수 있다.

결국에는 운동을 성공적으로 재현하는 능력을 배가시키는 것이 '조절'하는 능력인데, 조셉 필라테스가 이 운동법을 개발한 후 '조절학 contrology '이라고 호칭한 이유가 여기에 있는 듯 하다. 집중과 몰입을 통해 신체조절 능력을 높이는 삶의 방식을 만든 조셉 필라테스에게 감사할 뿐이다.

⬇ 업 스트레치2 Up stretch 2

관련 기구: 리포머

매트에서 하는 플랭크plank, 요가의 다운독downdog과 유사한
동작으로 강한 근지구력이 요구된다.
어깨를 단단히 잡아주는 힘을 이용하여 전신 균형을 잡으며
동작을 수행하기 때문에 척추의 바른 정렬과 유연성을 강화
해 준다. 특히 허벅지 뒷면, 햄스트링의 스트레치로 하체 부종
완화에 도움이 된다

Ch16.

코어와 속 근육 강화

필라테스의 목표 중 하나는 '코르셋을 입은 듯', 혹은 '복대를 찬 듯' 한 느낌의 코어[7] 를 만드는 것이다.

나는 대학교에 입학하면서부터 소위 '거들'이라는 코르셋을 입기 시작했다. 항상 똥배가 신경 쓰이고 불편하게 느껴져 이를 단단하게 조여주는 보정속옷이 필요했기 때문이다. 더구나 직장생활을 시작한 후, 사무실에 오래 앉아 일을 하다 보니 아랫배가 심하게 나오는 것에 대한 불편함은 더욱 심해졌다. 점차 탄성이 강한 거들을 선호하기 시작했다. 배를 집어넣으려 아무리 힘을 주어봐도 나

---

7. 코어(core)는 신체의 중심부를 말하며, 코어와 코어 주변의 근육을을 합쳐 파워 하우스(power house)라고 일컫는다.

의 힘이 닿지 않는 뚱배는 항상 불편하고 거추장스러운 것이었다. 임신기간 동안에는 임산부용 거들을 입기도 했다. 뱃살이 늘어나는 두려움은 출산 후 3일부터 일반 거들을 다시 착용하게 했고, 최근까지 거의 30년을 애용하게 했다.

그런데, 필라테스를 시작한 후, 이 속옷을 입지 않게 되었다. 왜냐하면, 코어가 단단해지면서 '코르셋을 입은 듯' 이 아랫배와 허리를 단단히 잡아주는 편안함을 느낄 수 있었기 때문이다. 이처럼 필라테스의 가장 큰 장점은 '코어 강화'와 뼈와 관절 바로 옆에 붙은 '속 근육 강화'다.

'중심中心'을 잘 잡아야 모든 일이 바로 선다. 이와 마찬가지로 우리 몸도 '신체의 무게중심'이 바로 서야 건강하다. 여기서 중심은 신체의 중심부코어, core 와 중심부의 근육을 일컫는다. 필라테스에서는 이를 합쳐 '파워 하우스power house '라고 말한다. 파워 하우스는 에너지의 원천이 되는데, 필라테스의 많은 동작들이 파워 하우스를 강화하도록 고안되어 있다. 이와 상관없어 보이는 특정한 동작을 하더라도 운동 내내 계속해서 파워 하우스를 지속적으로 작동시키고 있어야 그 동작을 통해 강화하고자 하는 목적 근육을 제대로 사용할 수 있다.

예를 들어, 팔을 위로 들거나 돌리는 동작을 하더라도 중심부가 흔들리면 팔의 회전근육이나 이두근, 삼두근 등을 제대로 강화하기 힘들다. 파워 하우스에 해당하는 코어근육들은 복부 근육, 둔근 엉덩이 근육 을 포함한 골반기저근육, 요추 아래 허리 근육과 척추에 붙은 여러 근육들을 말한다. 이 중 복근과 요추 근육이 파워 하우스에서 가장 중요하다. 이러한 근육들을 골고루 단련시켜 단단한 코어 Core 를 만드는 것이 필라테스의 주요 목적이다.

복부근육은 세 개의 층으로 이루어져 있어 삼겹살 형태와 비슷하다. 가장 위층부터 보면 외·내복사근 그리고 복직근, 복횡근 이렇게 여러 층으로 이루어져 있다.

이 중 가장 안쪽 깊숙하게 자리잡은 '복횡근'은 필라테스가 사랑하는 근육 중 하나다. 복횡근은 동작 구현에 앞서 자동적으로 수축하여 척추와 골반을 단단하게 잡아 동작이 추구하는 목적근육 사용을 돕는다. 더구나, 배 앞부분은 물론 뒤쪽으로 척추와 연결되어 있어 복근 중 가장 중요하고 중심역할을 한다. 그래서 이 근육이 발달하면 아랫배와 척추를 잡아주어 척추보호에도 도움이 된다.

'복대를 찬 느낌'은 복횡근 발달의 결과다. 허리통증을 느끼는 분들은 복횡근이 약한 경우가 많다. 그런데, 복횡근을 키우기 위해서는 3~6개월의 꾸준한 노력이 필요하다. 필라테스 호흡은 물론 복횡근 운동도 지속적으로 해야 하는 끈기가 요구된다. 그래서, 매번 수업마다 호흡과 복횡근 강화 동작이 포함된 웜 업warm up 운동을 반복적이고 지속적으로 하는 이유도 코어강화를 위한 것이다.

몸통 앞쪽에 복횡근이 있다면 등 뒤에는 '필라테스가 사랑하는 또 하나의 근육'인 '다열근'이 있다. 척추뼈 사이 사이에 붙어 있어 척추를 세우고 있을 수 있도록 도와주는 근육이다. 우리가 돼지감자탕 뼈를 발라 먹을 때 붙어 있는 살처럼 붙어있다. 이 근육은 '필라테스' 운동으로만 만들 수 있는 깊은 근육이다. 그래서 더 사랑스러운 근육이다.

필라테스 동작 중에는 '척추 마디마디 분절하듯 움직임'을 만들어 내는 것들이 많이 있다. 이 때 척추의 분절을 만들어내며 다열근을 강화시켜준다. 다열근은 척추 기립근[8]보다 깊숙한 곳에서 척추를 직접적으로 잡아주는 '안정화 근육'이다. 즉 안정화 근육을 잡고 나야 동작에 동원되는 근육들을 사용할 수 있다. 그래서, 필라테스 동작을 할 때마다 '척추 중립'이라는 큐잉을 하는데, 이는 다열근을 먼저 바로잡고 주 동작에 들어갈 준비를 하는 것이다. 동작을 수행하는 동안에도 지속적으로 사용하기 때문에 척추가 강화된다. 앉아서 생활하는 시간이 많은

8. 몸을 세워주는 '기둥' 역할을 하는 근육들로 장늑근(iliocostalis), 최장근(Longissimus), 극근(Spinalis) 등 3가지 근육으로 이루어진다.

학생이나 직장인들이 허리통증을 많이 호소하는데, 이는 다열근이 제대로 역할을 못 하기 때문이다.

앞서 말한 속 근육들이 제대로 기능을 하지 못한 상태에서 식스팩과 같은 복직근이나 어깨 삼각근들, 즉 겉 근육들을 발달시키면 이들이 속 근육 역할을 대신하느라 근육이 뭉치고 자세가 변형되기 쉽다. 더구나, 겉 근육들은 큰 힘이 필요할 때만 사용되고 평상시에는 휴식을 취해야 하는데, 하루 종일 자세를 유지하고 몸통을 지지해 주다 보면 피로해서 결리는 증상도 나타나게 된다.

필라테스 운동은 본질 本質 에 충실한 운동이다. 외형적인 아름다움만을 추구하는 것이 아닌 실질적으로 건강에 도움이 되는 것들을 한다. 겉으로 드러나는 것, 타인에게 보여주는 것에 치중하기보다는 내면을 단단하게 하면서 심신 心身 건강에 근본적으로 필요한 것들에 중점을 둔다. 이러한 철학이나 사상이 내가 필라테스를 사랑하는 이유다.

➡ 프론 1&2 Prone 1&2

관련 기구: 캐딜락

캐딜락에서 하는 등신전 운동이다. 어깨와 목 통증의 근본적 원인 중 하나는 등근육들의 약화인데 이를 강화하는 운동으로 'Prone 1' 동작은 흉추까지만 신전하는 반면, 'Prone 2' 동작은 경추에서 요추까지 신전해야 하므로 강한 복근이 필요함.

바른 정렬과 균형

인간사史 모든 문제는 균형이 깨지는 것에서 시작된다. 힘의 균형이 깨지면 혼란과 고통이 시작된다. 어디 한 곳에 치우침 없이 균형을 잡아가는 것, 동양에서는 '중용사상中庸思想[9]'에 잘 나타나 있다. 즉, 중용의 중中 은 양극의 합일점이고, 용庸은 지나치거나 모자람이 없는 상태를 의미한다. 필라테스는 중용의 의미와 같이 어느 하나에 치우치지 않고 '균형과 바른 정렬'을 추구하는 운동이다.

---

9. 정이(程頤)는 "치우치지 않는 것을 중이라 하고 바뀌지 않는 것을 용이라 한다(不偏之謂中 不易之謂庸)."고 하였는데, 이것은 곧 중은 공간적으로 양쪽 끝 어느 곳에도 편향하지 않는 것인데 비하여, 용은 시간적으로 언제나 변하지도 바뀌지도 않는 것을 의미한다. [출처: 중용사상 (中庸思想) – 한국민족문화대백과]

필라테스는 마음과 신체의 균형을 중요시하고 신체 근육의 좌우左右 대칭, 상하上下 균형을 목표로 한다.

필라테스 운동법은 이러한 '중용', 즉 균형을 중요시하고 이를 달성하고자 한다. 마음과 신체의 균형이 깨져도 병病을 얻기 쉽다. 더구나, 나이가 들수록 신체의 작은 불편함 조차도 마음의 병을 일으키는 원인이 되기도 한다. 젊어서는 심한 정신적 스트레스로 인해 몸이 아픈 경우가 많았는데, 나이가 들어갈수록 젊은 시절과는 반대로 신체의 작은 변화에 예민해지고 그러한 변화가 우울한 감정을 일으킨다. 그래서 나이가 들수록 신체 활동을 통해 정신적인 건강까지도 챙기는 것이 중요해진다.

반면, 마음의 병도 신체에 악영향을 준다. 마음이 건강하지 못하면 몸이 아프게 되고, 신체적 불편을 느끼면 다시 마음도 상하게 되는 악순환의 고리에 빠질 수 있다. 이렇게 신체와 정신이 밀접하게 연관되어 있는데, 몸과 마음이 모두 건강하게 균형을 이루어 가는 방법 중 하나가 필라테스라 생각한다.

조셉 필라테스는 본인이 만든 이 운동을 '삶의 여정'이라고 표현했다. 이는 자신이 만든 이 운동이 몸과 마음의 균형을 끊임없이 찾고 유지하는 삶의 방식으로 우리 생활 깊숙이 체화되길 바라는 마음을 담은 거 같다.

필라테스를 새롭게 시작하는 회원들을 보면 대부분 신체의 불편함을 개선하고자 하는 분들이다. 건강한 신체와 정신을 가지고 이를 유지하기 위해 방문하는 사람들은 아직까지 드물다. 신체 혹은 마음 어딘가 균형이 깨져 불편함을 느끼고 나서야 찾는다. 그런데, 이러한 신체적인 불편함이나 부작용은 잘못된 자세나 움직임이 습관이 되면서 시작된 것이다.

반복되는 잘못된 자세나 움직임은 신체의 정렬을 흐트러뜨린다. 신체 정렬이 이상적인 기준에서 많이 벗어나고 이로 인해 근육이나 관절 간의 균형이 깨지면 신체 이상이 발생한다. 근육 간의 정렬과 균형이 깨져 어떤 근육은 심하게 당기게 되고 반대로 다른 편 근육은 전혀 작용을 못하는 시간이 길어지면 결국 병이 나게 된다. 발목이 제대로 기능을 하지 못하면 무릎관절이 상하게 된다. 엉덩이 근육이 그 기능을 잃어버리면 허리가 대신 모든 짐을 짊어지게 되어 탈이 나게 되는 것이다.

앞가슴 근육이 등근육보다 강하면 어깨가 앞으로 말리는 라운드 숄더Round shoulder 가 된다. 신체 부위 간 균형이 깨졌기 때문이다. 각각의 모든 신체 부위가 자기 몫을 제대로 해내는 신체적 균형을 이루면 건강한 삶을 누릴수 있는 이치를 필라테스를 하면서 깨닫게 되었다.

어릴 적부터 체육수업이 있었던 다음날에는 무릎 통증을 자주 느꼈다. 그리고 나이에 비해 가장 먼저 노화현상이 나타난 곳도 무릎 관절이었다. 그런데, 이러한 문제가 '평발'이라는 나의 신체적 결함에서 온 것임을 필라테스를 하면서 알게 되었다.

어릴 적 어른들이 '평발이라서 고생하겠네' 하며 걱정을 많이 해주셨다. 그런데, 중년이 될 때까지 평발이 가지는 신체적 결함을 잘 느끼지 못했다. 오히려 많이 걷고 오래도록 걷는 것에 대한 불편함을 전혀 알지 못하고 살아왔다. 하지만, 이제 와 돌이켜보면 젊어서는 평발이 갖는 일상의 불편을 많이 느끼지 못했지만, 발의 역할을 무릎이 대신 다 받아서 해주었기 때문에 무릎이 또래들보다 일찍 노화한 것이다.

이렇듯, 신체 부위들을 아주 작게, 잘게 쪼개어 각자가 맡은 바 기능을 잘 해주어야 전체적으로 건강할 수 있다. 즉, 신체의 최극단에 있는 작은 근육 하나까지도 기능을 잃지 않고 내 의지대로 움직여 신체 균형에 이바지하지 않으면 신체 전체의 균형이 파괴된다. 그리고 이로 인해 병이 생기므로 신체의 작은 부위들의 조화가 중요하다.

자신의 신체 정렬이 올바른지, 균형을 이루고 있는지를 스스로 인지하기는 어렵다. 또한 자신의 모든 신체 부위가 적당한 범위로 잘 작동하고 있는지도 알기가 쉽지 않다. 나조차도 엄지발가락을 상하좌우로 움직여야 함을 잊고 살다가 필라테스를 시작하면서 알게 되었다. 이렇듯 필라테스는 타인의 관점으로 나의 신체 균형을 점검하는 운동이다. 내가 보지 못하는 부분을 필라테스라는 운동과 지도자의 객관적 관찰을 통해 볼 수 있다.

필라테스 지도자는 회원의 신체 움직임과 가동범위 등을 관찰하며 불균형으로 초래되는 문제점을 인식하고 이에 맞는 프로그램을 준비한다. 이러한 프로그램을 통해 반복적인 습관 교정을 하며 신체 균형을 찾아간다. 그런데 균형은 단번에 잡을 수 있는 것도 아니고 잡혔다고 변함없이 지속되는 것도 아니다. 끊임없이 균형을 찾고, 찾은 균형은 잃지 않기 위해 유지하는 노력을 해야 하는데, 이 또한 제3자의 관점으로 나를 관찰하고 바라보는 시각이 도움이 된다.

필라테스 기구는 자세와 동작을 이용하여 신체 전체를

조절할 수 있도록 고안되어 있어 신체의 정렬과 균형을 바로잡기에 최적이다. 기구의 도움을 받아 반복적으로 바른 정렬의 주입과 훈련을 하면서 움직임의 패턴을 재교육해 나가는 것이 필라테스 운동법이다. 즉, 필라테스는 신체불균형의 교정을 도와주고, 불균형이 심화되는 것을 막아주는 신체적 운동이자 건강한 삶을 지속적으로 추구해가는 정신적 운동이다.

⊙ 풋 워크 Foot work

관련 기구: 리포머

무릎 주변 근육은 물론 허벅지 앞면과 뒷면, 안쪽 근육, 발목 주변 근육들을 강화하고 종아리 뒷면 스트레칭을 돕는 다리 운동 시리즈이다. 리포머에서 누운 자세에서 하기 때문에 노약자나 초보자도 따라 하기 쉽다. 퇴행성 관절염 등 무릎 통증을 예방하기 위해 필라테스 기본 시퀀스로 제공하는 경우가 많다.

Ch18.

수련(修練)

　　"하루 연습을 거르면 내 자신이 알고, 이틀을 쉬면 스승님이 알고, 사흘을 쉬면 관객들이 알아본다" 어느 발레리나가 예능 TV프로그램에서 한 말이다. 몸을 움직이는 일을 시작하니 이 말을 듣는 순간 완벽하게 공감했다.

　　몸 쓰는 일 보다는 주로 머리를 쓰며 50 평생을 살아온 나로서는 이제야 '끊임없이 연습하며 정진精進 한다는 것'을 몸소 이해하게 되었다. '머리로 하는 공부'는 며칠 쉬어도 다시 책을 들었을 때 어려움을 크게 느끼지 않았다. 그런데, 몸으로 하는 것은 하루도 쉬지 않고, 거르지 않고 해야 한다. 쉼과 동시에 연습을 통해 얻어진 수준에서 바로 추락하는 것을 느낄 수 있기 때문이다.

긍정적으로 보자면 몸으로 하는 일은 노력한 만큼 결과가 정직하다. 타고난 재능이란 변수를 빼고 본다면. 나를 둘러싼 타인과 주변 환경과 상관없이 오롯이 나의 수련修練의 과정이 그대로 반영되어 정직한 결과가 나온다. 즉 '노력과 결과'가 우상향 직선과도 같은 그래프 모양이다.

수련의 과정은 실패에 대한 두려움을 극복하는 것이다. 필라테스 강사 교육과정을 시작한 후, 실기시험을 대비하기 위해 40회 가까이 1:1 개인레슨도 받았다. 3회 차 수업 즈음, 선생님이 나에게 강한 어조로 던진 말은 아직도 잊히지 않는다.

"몸이 실패할 기회를 주세요!!"

새로운 동작을 도전하는 과정에서 망설이며 주저하는 나에게 던져진 말이다. 이 말은 그 순간부터 지금까지 계속 내 뇌리에 박혀 나를 앞으로 나아가도록 도와주고 있다. 나는 실패하는 것이 두려워 연습을 하면서도 앞으로 나아가지 못하고 있었다. 부족한 나의 모습을 온전히 다 받아내며 마주해야 앞으로 나아갈 수 있는데, 나는 두려움과 실패를 인정할 수 없는 지금까지의 삶의 방식 때문에 도전하지 못하고 제 자리만 맴 도려 하고 있었다.

몸이 실패할 기회를 주고 그러한 실패 반복을 거듭해야 내가 원하는 동작을 정확하게 구현할 수 있음을 필라테스 수련을 하면서 알게 되었다. 예견된 실패를 자연스럽게 받아들이며 부족하지만 하나하나 채워가는 나를 대하는 것이 즐거워졌다. 실패로 인한 두려움으로 도전을 포기하는 것이 이제 나에게 맞지 않아 보였다. 그렇게 하나씩 동작들을 내 것으로 만들어 가며 깨달은 것들은 이제는 강사로서 활동하며 자신 있게, 그리고 이해하기 쉽게 회원에게 전달할 수 있는 자양분이 되고 있다.

하루 6시간 이상씩 1년 가까이 연습을 하며 펑펑 울고 싶었던 시간도 많았다. 아니 사실 운동을 하다가 머리를 가슴 깊이 처박고 쉬는 척하며 눈물을 흘린 적도 있었다.

힘도 들었지만, 그동안 내 몸을 귀하게 살피며 살지 못해 망가지고 뒤틀어진 체형에 대한 반성과 후회로 인한 눈물이었다. 변형된 체형과 정렬을 제자리로 돌려야 하는 고통에 울어야 했다. 제대로 된 동작을 구현하려면 짧아진 요추부터 바로 세워야 했고, 비뚤어진 골반들의 근육들도 바르게 잡아야 했다. '비정상 非正常 적인 몸의 정상 正常 화' 과정이 매우 힘들었다.

우선 기본에 충실한 동작들을 완벽하게 익혀야 했다. 그러면서 보다 업그레이드된 동작들을 익히기 위해서 수없이 반복 연습을 해야 했다. 지루한 반복의 지겨운 연속이었고, 나는 그러한 지루함을 견디는 훈련, 즉 수련 修練 을 해야 했다. '과연 될까?' 하는 의심을 반복하고 계속되는 '몸의 실패'를 느끼면서도 포기하지 않고 인내할 수밖에 없던 이유는 그렇게 안 되던 것도 반복의 어느 순간에 갑자기 되기 때문이다. 매일매일 예견되는 실패를 알고도 연습장으로 향하며 기도했다. "포기만 하지 않게 해주세요, 끝까지 갈 수 있도록 도와주세요"라고.

나이도 있고, 몸을 쓰는 운동에는 재능이 전혀 없던 내가, 필라테스 강사 자격증을 취득할 수 있었던 것은 '느리지만 그래도 꾸준히 하면 언젠가 다다를 수 있다'는 생각 덕분이다. 그리고 타인이 아닌 오직 '나 자신'만을 경쟁자로 여기며 수련한 결과다. 강사 교육과정을 같이 시작한 동기들이 있긴 했지만, 그들을 나의 경쟁자로 생각하지도 못했고, 하지도 않았다. 타인보다 뛰어난 것이 아닌, '어제보다 더 나은' 내가 되어가려는 노력의 시간이었다. 다양한 외부 변수에 좌우되지 않고 오직 나의 노력과 열정이 투자된 만큼 결과를 얻을 수 있어 좋았다.

조직생활을 하면서 성과를 내기 위해 부단히 노력했지만, 언제나 나의 노력과 정성이 100퍼센트 반영된 결과는 없었다. 나의 노력이 100퍼센트 투입되더라도 결과는 항상 반감되고 차감되어 30퍼센트 정도만 반영되는 경우가 많았다. '사람이 하는 일'이란 그렇다. 사람과 사람이 섞여서 만들어 내는 결과물은 항상 정직하지 않은 것 같다. 그래서 결과에 대하여 많은 불평도 하고 불만도 표출하면서 원망만 큰 경우가 많았다. 결국 남 탓하는 사례도 빈 번해졌다.

하지만 필라테스 수련의 시간은 그렇지 않았다. 필라테스의 다양한 동작들을 마스터 master 해가는 과정은 정직했다. 그래서 겸손해지는 방법을 배웠다. 오롯이 내가 모든 몫을 감당했으니, 결과 또한 내가 다 수용하게 되고, 실패한 결과에 대해서는 반성하며 다시 도전하게 한다.

거짓말하지 않는 '몸의 움직임'의 결과는 하루하루 성취감을 느끼게 하고 자존감도 높여 주었다. 이렇게 갈고 닦으며 정직한 결과를 만들어 가는 과정은 나를 '노화老化'가 아닌 '성숙成熟'으로 이끌어갔다. 역시 필라테스는 '최고가 아닌 완벽을 꿈꾸며, 긴 호흡으로 가는 여정'임을 다시금 깨달았다.

➡ 캣 스트레치 Cat stretch

관련 기구: 매트

척추를 '활' 모양으로 만들며 척추 마디마디를 늘이고,특히 요추를 이완해주며, 반대로 긴 'U' 자 형태로 만들며 코어 근육과 허리 주변 근육을 이완하는 필라테스 동작이다

필라테스를 처음 시작했거나, 신체가 많이 경직된 사람, 특히 남성분들에게 많이 적용하는 운동이다.

경추, 흉추, 요추로 이루어진 긴 척추를 마디마디 분절해보는 운동을 통해 척추의 움직임을 원활하게 만드는 동작이다. 허리 근육을 양방향으로 구부리고 늘리면서 유연성을 키워준다. 몸이, 특히 등 주위가 경직되고 일자로 굳은 사람에게 권장한다.

티핑 포인트(Tipping point)

연습을 필요로 하는 모든 활동들이 그렇지만 필라테스 동작들을 수련하다 보면 언제나 '티핑 포인트'를 접하는 쾌감을 맛볼 수 있다. 이것이 필라테스의 또 하나의 매력이다. 어렵고 안될 것 같던 동작들이 어느 순간에 완벽하게 구현이 되면 그동안의 힘든 시간들에 대한 보상을 받는 듯하다.

티핑 포인트 Tipping Point 의 사전적인 의미는 '균형을 깨뜨리는 순간'이다. 우리말로는 '임계점' 혹은 '한계점', '비등점' 등으로 표현할 수 있다. '어떤 상황이 처음에는 미미하게 진행되다가 어느 순간 균형을 깨고 모든 것이 한순간에 변화되는 극적인 순간'이 티핑 포인트다. 이 용어는 말콤 글래드웰 Malcolm Timothy Gladwell 이 2000년에 발간한 동명의 저서가 베스트셀러가 되면서 유명해졌다.

이 용어는 필라테스 수련을 시작한 후 끊임없이 체감하는 용어가 되었다. 그런데, 티핑 포인트를 체험하려면 '지루한 반복의 고된 연속성'이 필요하다. 즉, 배우고 익히며 몸에 익숙해질 때까지 지루한 시간을 견디는 과정이 필수다. 그리고 고되지만 반복을 버텨내야 한다. 안 될 것 같고 도저히 불가능해 보이던 것도 반복의 어느 순간에 갑자기 된다. 필라테스의 다양한 동작들을 도전하면서 그러한 순간을 많이 경험했다. 그렇기 때문에 수련을 하면서 포기할 수 없고, 인내할 수밖에 없다. 이렇게 티핑 포인트를 경험하며 해 낸 동작들은 뇌에서도 강하게 인지하고 몸 속 깊이 새겨져 몸으로 기억한다.

동작 중 '티저 Teaser'는 '필라테스 동작의 꽃'이라 불린다. 두 좌골을 바닥에 대고 중심을 잡고 두 다리와 두 팔을 위천장을 향해로 뻗어내어 몸의 모양을 'V' 자로 만드는 동작이다. 이 동작을 하기 위해서는 복근은 물론 고관절 굴곡근 허벅지 앞면 의 근력과 근지구력이 필요하고 척추의 분절 움직임과 균형감이 있어야 한다. 그래서 티저 동작을 하기 위해서는 사전에 선행되어야 하는 동작들이 많다.

예를 들어, 헌드레드 Hundred , 양쪽 다리 스트레칭 Double leg stretch , 다리 벌려 몸통 굴리기 Open leg rocker 등의 동작들로 다양한 연습 기술들을 터득하고 마스터해야 한다. 그런데, 그러한 선행 동작들조차도 기술을 익히고 자세를 바로잡기가 어려워 오랜 시간과 연습이 필요하다. 더구나, 나이 50이 넘어 필라테스를 시작한 나에게는 티저 동작을 하기 위해 구부러진 요추 아래 허리 를 '척추 마디마디 길게' 펴내는 것이 급선무였다.

그래서 나에게 있어 필라테스 동작들에 대한 도전은 언제나 남들보다 길고 지루했다. 포기하지 않기 위해서는 내가 잘할 수 있는 것에 집중하며 '나를 극복'하는 것을 목표로 하며 견뎠다.

그러자 나의 페이스pace에 맞게 하나하나 목표한 것들을 달성해 가며 성취감을 느낄 수 있었다. 운동하는 대로 결과가 나오고 그만큼 통제력이 느껴져 지루한 시간을 버티어 낼 수 있었다. 극한까지 내 자신을 내몰며 어느 순간 한계를 뛰어넘어 갑자기 확장된 자신을 마주하는 순간이 좋았다. 힘들고 괴롭지만 그러한 티핑 포인트를 넘어서는 순간은 '마음의 정화淨化'가 가능해진다. 티핑 포인트가 주는 쾌감에 중독되면 계속해서 새로운 동작과 운동에 도전을 하는 '또 하나의 반복'을 만들어 낸다.

필라테스를 통해 티핑 포인트가 주는 '쾌감'과 '반복의 힘'을 믿고 수련하며 '스스로 통제하는 법'을 배워갔다. 또한 그러한 과정 속에서 얻는 작은 성취감은 나의 자존감을 회복시키며 '살아가는 삶의 보호막' 역할을 해준다.

● 티저 Teaser

관련 기구: 매트, 캐딜락, 리포머

필라테스의 창시자인 조셉 필라테스가 운동에 담고자 했던 모든 원칙을 담고 있는 필라테스의 시그니처 동작이다. 그만큼 필라테스의 효과를 제대로 느껴볼 수 있다. 파워하우스, 즉 코어의 엄청난 힘이 필요한 동작으로, 상체의 척추 분절은 물론 동작 수행 시 상하체의 균형점을 찾는 것이 중요하다.

V포지션 동작을 만든 후 몸통을 뻗어내고 세우기 위해서는 '복근과 등근육'을 동시에 사용해야 하므로 오랜 훈련을 통해 기본근육부터 강화되어야 한다. 또한, 요추부터 굴곡해서 흉추, 경추 순으로 척추를 분절해서 내려오는 동작에도 충분히 숙련되어 있어야 한다. 오랜 기간 필라테스를 수련한 사람이라면 꼭 도전하고 싶어 하는 동작이다.

남녀노소, 모든 이의 운동

"필라테스는 3세부터 80세까지 할 수 있는 운동법"이라고 필라테스 창시자인 조셉 필라테스는 그의 책에서 정의했다. 필라테스는 개인의 건강상태와 특정한 요구에 따라 다양하게 접근이 가능하기 때문에 나이, 성별, 운동능력에 상관없이 누구나 할 수 있기 때문이다

필라테스는 웨이트 운동처럼 힘들지도 않고 가벼운 유산소 운동처럼 쉽지도 않다. 너무 힘들거나 쉽지 않을 뿐 아니라 고객층에 따라 접근법도 다양하기 때문에 신체가 건강한 사람이나 약한 사람 모두 할 수 있다. 그러면서 어떤 대상이든 상관없이 무너진 신체 정렬을 바로잡고 몸과 마음을 균형 잡힌 상태로 회복할 수 있도록 도와주는

것이 목적인 운동이다. 이러한 점이 필라테스가 남녀노소 상관없이 다양한 고객층한테 인기를 누리는 이유다.

젊은 여성은 물론 질환이나 부상으로 신체 능력이 제한된 사람부터 어린아이, 시니어, 80대 노인들까지 필라테스를 즐길 수 있다. 최근에는 젊은 남성들에게도 인기를 얻고 있고 출산 전후로 필라테스를 필수 코스로 생각하는 임산부들도 많아졌다. 그래서, 재활필라테스, 산전산후필라테스, 키즈필라테스, 시니어필라테스, 전통필라테스 혹은 모던필라테스 등 이용층과 방법에 따라 다양한 명칭으로 불려지고 있다.

필라테스는 근력운동이지만 무거운 기구를 사용하지 않고 스프링 등을 이용하여 사용층에 맞게 변형이 가능해서 부상 위험과 부담이 적다. 그래서 골절이나 디스크 치료 후 병원에서 재활치료를 마치면 연이어 시작하는 운동이 바로 필라테스다. 또한, 한쪽 방향으로만 치우치는 운동법으로 인해 신체의 불균형이 생긴 분들에게도 재활필라테스가 필요하다.

　예를 들면, 골프, 테니스, 탁구, 배드민턴 등은 한쪽 방향으로, 특정 동작을 반복하는 운동이라 좌우 근력의 차이도 생기고 골반과 척추의 좌우 불균형으로 인해 부상을 입기 쉽다. 그러한 운동을 즐기는 사람들은 몸의 균형을 맞추기 위해 필라테스를 한다. 반면, 현대인들이 지닌 고질병인 거북목이나 골반불균형도 결국 재활필라테스 영역에 포함된다. 이렇듯 신체 불균형을 바로잡는 모든 운동을 재활의 영역으로 보고 이를 '재활필라테스'라고 일컫는 것이다.

　나이가 들면 골다공증이 생기고 근력도 감소한다. 또한 50세 이후가 되면 관절도 경직되고 척추도 휘거나 굽는 현상도 나타난다. 이로 인해 신체의 바른 정렬도 무너지고 보행에도 변화가 생긴다. 그러면 균형감각도 떨어지고 낙상의 위험도 많아진다.

그래서 해외에서는 이미 노인들의 재활테크닉에 필라테스 기법을 접목한 '시니어필라테스[10]'가 유행이다. 필라테스는 근력 운동이면서 무거운 기구를 사용하지 않기 때문에 관절에 무리를 주지 않으면서 근육을 강화시킬 수 있다. 낙상에 대비한 신체 근육들을 키우고 균형감각을 살리고 보행장애 등을 예방하는 운동들을 한다.

실제로 70대 후반 회원들에게는 기구에 앉거나 일어날 때도 실생활에서 활용할 수 있도록 방법을 알려준다. 아침에 침대에서 일어날 때 온몸을 통나무처럼 옆으로 돌려 누운 후 조심히 내려오는 법 등을 기구에서 연습시킨다. 다양한 기구들을 사용하며 기구와 기구로 이동하는 동안 걷는 운동도 많이 포함한다. 그리고 큰 보폭으로 내딛는 동작 혹은 안정적인 자세에서 작은 보폭으로 빠르게 걷는 운동 등 운동제어 훈련 등도 시니어필라테스에 많이 포함되어 있다.

10. 말리, 김영훈, 김태규, 〈필라테스 운동과 코어안정성 운동이 노년기 여성의 골밀도와 낙상위험요인에 미치는 영향〉, 《운동과학》 31권 3호, 2022.

필라테스의 효과를 최대로 볼 수 있는 대상은 출산 전후의 여성이다. 임신과 출산으로 신체 전체에 큰 변화가 오고 균형이 깨진 상태이므로 이를 조절하고 바로잡는 역할을 필라테스가 할 수 있다. 또한, 신체뿐만 아니라 정서적[11]으로도 필라테스는 임산부[12]들에게 유익하다. 필라테스에서는 호흡을 중요시하는데, 이 호흡운동이 골반저근육 Pelvic floor muscle 강화에 도움이 될 뿐 아니라 심신안정에도 큰 역할을 한다. 태아가 커지면서 느끼는 불편을 호흡으로 바로잡아 줄 수도 있다.

임산부들은 배가 앞으로 나오면서 척추가 전만前彎 되기 때문에 허리, 어깨와 날개뼈 통증도 느끼게 된다. 쥐가 나거나 다리 부종으로도 고생하기 쉽다. 필라테스는 이를 바로잡아 주고 통증을 완화시켜 줄 수 있는 다양한 임산부 스트레칭 방법도 제공한다.

11. 강지연(2021), 필라테스가 산후우울증에 미치는 운동효과에 관한 질적연구, 대한스포츠융합학회지 19(2)
12. 김태규(2022), 필라테스 훈련이 출산 후 여성의 골반저 기능과 복직근 분리 및 체력에 미치는 영향, 부경대학교 석사 논문

더구나, 배가 불러옴에 따라 복근이 갈라져 양옆으로 이동하고 가운데 섬유질 부위만 넓어지는데, 이러한 현상을 '복직근 이개retus diastasis'라고 한다. 복직근 이개 현상은 코어core 기능을 저하시켜 척추와 골반을 불안정하게 만들고 신체의 균형을 깨뜨린다. 그래서 산후필라테스는 호흡과 복근 운동을 통해서 코어 기능을 회복시키고 골반, 천장관절 안정화를 돕는 동작들로 임신 전의 몸과 마음으로의 회복을 돕는다.

방학 때가 되면 어린아이들과 중고등학생들이 필라테스 스튜디오를 많이 찾는다. 최근에는 어린 나이지만 신체의 불균형이 심하고 유연성이 떨어진 학생들이 많다. 나는 노화로 인해 요추가 짧고 구부러졌다고 생각했었는데, 어린 학생들에게도 이런 유형이 있다는 점에 많이 놀라웠다. 학업으로 인해 오랜 시간 앉아서 지내기 때문에 척추가 휘거나 거북목 현상이 생기고 엉덩이와 고관절 근육들이 서로 유착되어 자유로운 움직임을 만들어내지 못하는 경우도 많다.

이때 필라테스는 잘못된 습관이나 부적절한 자세로 발생한 신체적 문제들을 바로잡아 준다. 바른 자세를 잡아주는 근육들을 강화시키고 제대로 된 움직임과 가동범위를 되찾을 수 있도록 도와준다. 그리고 기구 운동은 신체 다양한 부위에 있는 성장판들을 자극하여 키 성장에도 도움이 되고 있어 최근에는 '키즈필라테스' 또한 필라테스의 한 축으로 자리 잡고 있다.

조셉 필라테스가 말했듯, '필라테스 운동은 일종의 삶의 방식'이다. 어느 한순간, 한때에 즐기거나 잠시 하는 운동이 아니다. 나를 끊임없이 관찰하며 바른 정렬과 균형을 잡아가기 위해 어릴 적부터 청년기를 지나 중년, 노년의 삶 속에서 체화되어야 할 운동이 필라테스가 생각된다.

➲ 보폭 운동 Walking

관련 기구: 코어얼라인

조셉 필라테스가 만들어 낸 기구들은 주로 누워서 하는 동작들이 많다. 이를 보완하기 위해 재활치료사인 조나단 호프만 Jonathan Hoffman은 서서 하는 필라테스를 위해 기구 코어얼라인CoreAlign을 만들었다.

코어얼라인은 시니어들의 보행 연습에 매우 적합한 기구다. 특히 노쇠한 경우 일상의 움직임에 필수적인 근육들을 강화하고 유지하기 위한 동작들에 특화되어 있다. 반면, 자세 교정 및 균형감각을 높이는 유익한 동작들도 많다.

얼리 케어 신드롬의 해결책

나는 겁이 많은 편이다. 그래서 긍정적인 측면보다는 부정적인 면을 과장해서 보는 경향이 있다. 그런데, 이러한 성향은 항상 미리 준비하고 대비하는 태도를 형성했다. '현재가 편하면 미래에는 고생한다'는 생각으로 미리 준비하며 최악의 상황을 대비한다. 최근에 대비하는 것 중 하나가 '건강'이다.

내가 지향하는 '나이 든 삶'은 '하루를 살더라도 사는 순간은 건강하게 그리고 상쾌하게 사는 것'이다. 더구나 나이 들수록 몸이 상쾌하고 가벼운 날이 조금씩 줄어들 뿐 아니라, 평상시와 다르게 몸이 불편한 날이면 기분까지 언짢아 지는 경우도 많아졌다. 또한 길을 다니면서 내 나이

보다 20~30년 위에 계신 분들의 모습을 보면 '근육과 신체 균형은 있을 때 지켜야지' 하는 생각을 자주 한다.

어깨가 앞으로 말려 등이 구부정한 모습, 허벅지 안쪽 힘이 없어서 점점 무릎이 벌어져 'O' 자로 걷는 모습, 무릎 관절이 불편해 계단을 옆으로 내려가는 모습, 몸 전체가 앞으로 기울어져 쏠리듯 걷는 모습들을 보면 '하루라도 운동을 게을리하면 안 된다'라고 다짐한다. 언젠가는 나도 나이가 들면 그런 모습으로 변할 수도 있겠지만, 가능하면 그런 날을 최대한으로 늦추는 것이 나의 삶의 목표 중 하나다.

김난도 교수의 《트렌드 코리아 2022》를 보면 '얼리 케어 신드롬'이라는 표현이 나온다. 젊은 층 사이에서 유행하기 시작한 용어로 '나이들어 가면서 발생할 수 있는 다양한 질병이나 신체·정신적 문제들을 사전에 미리미리 예방하는 행동'을 말한다. 벌써 2030 세대에게 건강은 '미리미리 관리해야 하는 것'으로 인식되고 있는 것이다. 물론 노화에 따른 병이라고 여겼던 고혈압이나 탈모 등이 이미 젊은 층 사이에서 발병하는 비율도 높아진 현상도 원인이겠지만 기대수명이 점차 증가하면서 '건강하게 오래 사는 방법'으로 이러한 신드롬이 생긴 것 같다.

그래서 2030 세대, 즉 MZ 세대들은 스스로의 삶과 몸 상태에 만족하기 위해 건강하게 먹고 즐겁게 운동하며 휴식을 취한다. 즉 내 몸과 정신에 큰일이 닥치기 전에, 즉 '치료'보다는 '예방과 관리'에 중점을 두고 있다.

'건강은 건강할 때 지켜라'는 말이 있듯이 '근육도 근육이 존재할 때 키우고 지켜야' 한다. 이는 50이 넘어 필라테스를 하면서 뼈저리게 느꼈던 점이다. 최근에는 한 해라도 늦게 도전을 했다면 자격증 취득을 못 했을 거라는 생각이 자주 든다.

필라테스 강사 자격증을 취득한 다음 해부터 손가락 마디마디 관절에 이상을 느끼기 시작했다. 아침에 일어나면 손가락을 펴기가 어렵고 기상 후 어느 정도 시간이 지나야 정상적인 움직임을 찾을 수 있었다. 병원에서 진찰을 해보니 노화에 따른 수분 이탈로 인한 자연스러운 현상이라고 했다. 더구나 갱년기 여성들에게는 손가락은 물론 손목 발목 무릎 고관절 등 모든 관절에 있는 수분과 유분이 급격히 줄어들어 부드러운 움직임이 어려워진다. 만약 한 해라도 늦게 시작했다면 이런 관절 문제로 인해 하루 6시간 이상의 연습량을 견디지 못했을 것이다. 더구나, 손아귀의 악력을 가지고 기구를 잡고 버티어야 하는데, 손가락 마디마디가 아프면 연습량을 버티는 것조차 불가능했을 것이다.

한 살이라도 젊을 때 미리미리 근력을 키우고 채워야 하는 또 하나의 이유는 뼈나 근육보다 훨씬 일찍부터 약해지는 연골, 힘줄, 인대 때문이다.

나이가 들면 건강을 위해 근육을 키우고 싶다 하더라도 이미 노화된 연골, 힘줄, 인대 때문에 제대로 운동을 하기가 쉽지 않다. 30대부터 급속하게 노화가 진행 되는 연골과 힘줄, 인대로 인해 근육 운동 시 신체적 부상을 가져오기 쉽다. 더구나, 나이가 들수록 연골이 닳거나 힘줄 혹은 인대 등에 염증이 쉽게 생겨 움직임이 제한되고 관절이 굳어 가동범위가 줄어들게 된다. 그래서, 연골, 힘줄, 인대 등이 건강할 때 근육을 키워 놓아야 하고 나이가 들면서는 연골, 힘줄, 인대를 잘 보호하면서 키워 놓은 근육을 유지하며 운동을 하는 것이 중요하다.

개인별로 차이가 있겠지만 예순이 넘은 회원에게 제공하는 필라테스 동작들은 근력운동과 스트레칭을 50:50으로 구성한다. 물론 꾸준히 근력운동을 해오신 분들의 경우에는 70대라 하더라도 현재 보유하고 있는 근육을 유지하기 위한 운동을 주로 한다. 특별히 근육을 형성하거나 키우는 운동은 생각보다 조심스럽다.

운동은 마치 '자전거를 배우고 타는 것'과 같다는 생각이 든다. '타는 방법을 배우거나 기술을 익히려면' 젊었을 때 고생하며 배워야 한다. 그리고 나이 들어서는 몸에 익힌 기술로 '이지 고잉 easy-going', 즉 유유자적 悠悠自適 하며 일상의 움직임처럼 운동하는 것이 이상적이다. 조셉 필라테스의 말대로 운동이 '삶의 방식'으로 젊어서부터 체화되어 있어야 노년에도 쉽게 이어갈 수 있다.

물론, 필라테스는 근력강화와 유연성, 두 가지 모두에 도움이 될 뿐 아니라 개개인의 특성에 따라 조절이 가능한 운동이라 남녀노소, 많은 사람들에게 사랑을 받고 있다. 하지만, 개개인의 신체적 특성과 연령에 따라 필라테스 운동법도 많이 달라지는 데, 가능하면 일찍 시작하기를 권장한다. 여하튼 나에게 '얼리 케어 신드롬'의 처방은 역시 '필라테스'다.

● 닐링 런지 Kneeling Lunge

관련 기구: 리포머

척추, 골반, 엉덩이를 따라 허벅지까지 이어지는 큰 근육인 장
요근과 허벅지 뒷근육인 햄스트링을 스트레칭하는 동작으로
오랜 좌식 생활을 하는 학생이나 회사원들에게 유익하다. 장
요근이 경직되고 굳고 짧아져 긴장상태가 되면 허리통증까지
유발하기 때문에 수시로 스트레칭하고 강화시키는 것이 중요
하다.

Ch22.

또 다른 꿈을 꾸게 하는 힘

"꿈이 뭐예요?"

"장래 희망이요?"

처음에는 잘못 들은 줄 알았다. 나이 50이 넘어 중반 가까이 있는데, 필라테스 강사 채용 면접 질문에 할 말을 잃었다. 동시에 '내가 미래 내 모습을 위해 꿈을 꿔도 되는 건가? 너무 일찍 꿈을 포기했나?' 하는 생각이 들었다.

국제 필라테스 강사 자격증을 취득 후, 배운 것을 직접 필드에서 적용해보고 싶었다. 하지만, 예전처럼 9~6시 종일 근무는 하고 싶지 않았다. 파트타임으로 주 2회 반나절 정도면 충분하지 않을까 생각하며 그러한 강사포지

션을 찾아 면접들을 보게 되었다. 그런데, 내 나이에 장래 희망, 혹은 어떻게 현재의 모습을 보다 업그레이드시켜 멋진 모습을 가질 수 있나 하는 질문은 당혹 그 자체였다. 과거 신입·경력 사원 채용면접자가 되어 20대 초반 사회초년생들에게 던졌던 질문, '꿈이 뭐에요?'를 나이 50이 넘어 내 자신이 받고 있었다. 받는 순간 머리 속에는 다양한 생각들이 스쳐 지나면서 멍해지는 느낌을 받았다.

'꿈? 내 나이에 필라테스 강사 자격증을 딴 것만 해도 꿈을 달성한 거 아닌가?', '아니, 그래도 꿈은 있어야 되는 거 아니야? 꿈을 안 꾸기에는 아직 젊은 거 같기도 하고', '막상 꿈이 없다고 하니, 창피하네'. 여러 생각들이 겹치면서, 하나의 대답이 되었다.

"무슨 꿈이라는 게 있나요? 그냥 필라테스 잘 가르치는 거지요"
"그래도 필라테스 스튜디오를 오픈한다거나 … 그런 꿈 없나요?"

"무슨 오픈? 이제 일 많은 거 싫어요. 그냥 취미 삼아 하고 싶어요"

그런데, 이렇게 답변을 한 면접들은 모두 '귀하는 당사 채용목적에 적합하지 않습니다'라는 통보를 주었다.

강사가 되기 위해 여러 면접을 거치면서 많은 생각들이 스쳐 갔다. 100세 인생인데 50이 넘었다고 꿈을 꾸는 것을 포기한 것이 갑자기 창피했다. 어렵게 취득한 자격증을 가지고 경험과 실력을 쌓다 보면 나름 다다를 길이 있을 텐데 단순하게 자격증 취득한 것에만 만족했던 것이다. 지금부터 10년 후의 모습, 20년의 나의 모습을 그려 보며 꿈을 꾸어도 충분한데, 너무 일찍 포기한 내 자신이 부끄러웠다.

사실 필라테스 강사를 시작하게 된 계기도 싱가포르에서 만난 70대 백발의 러시아인 필라테스 센터 원장의 모습에 반해서였다. 늦은 나이에도 왕성하게 운동을 지도하고 있는 모습이 멋있었다. 내가 그걸 잠시 잊었었다.

다행히 운 좋게도 1:1 수업을 위주로 하는 스튜디오 형태의 센터에서 강사 생활을 시작하게 되었다. 그런데, 강사로서의 수업 횟수가 하나씩 늘어가면서 나 자신의 부족한 점이 많이 느껴졌다.

필라테스는 사람의 신체를 다루는 운동이라 해부학적 지식도 계속 쌓아가야 했다. 그리고 단순히 배운 동작들을 나열해서 가르쳐주는 것이 아니라, 개인별 신체적 특성이나 문제점들을 고려하여 개별 맞춤으로 운동법을 제공해야 했기에 끊임없는 공부가 필요했다. 그래서 온·오프라인 상관없이 닥치는 대로 공부하고 워크숍과 세미나 등을 통해 지식들을 습득해 가다 보니 꿈이라는 것이 생겨갔다. 시니어필라테스, 골프필라테스, 임산부필라테스 등 점차 세분화되고 있는 필라테스 영역에서 전문가가 될 수도 있고, 더 크게는 세상 모든 사람들이 건강한 삶을 누릴 수 있도록 선한 영향력을 주는 그런 사람이 될 수도 있으니, 이제부터라도 꿈을 꾸련다. 오십 대 중반이 되었지만, '장래 희망'을 가지려 한다. 장래란 나이랑 무관하고 이 생을 다할 때까지 존재할 테니.

➡ 행잉 백 Hanging Back

관련 기구: 캐딜락

필라테스 센터 홍보물에 많이 나오는 동작이다. 골반과 척추를 신전, 굴곡시키며 척추의 유연성 향상에 유익하고 허벅지와 둔부가 강화된다. 캐딜락 위에 있는 폴을 두 손으로 잡고 매달려 동작을 수행해야 하므로 팔의 힘이 부족하면 낙상할 위험이 높다. 그러므로 어느 정도의 근력강화 운동을 많이 한 숙련자만 진행할 수 있기 때문에 이 동작의 성공감은 매우 크다.